O fabricante de ilusões

Elias José

O fabricante de ilusões

2ª edição

Rio de Janeiro
2011

CIP-BRASIL. CATALOGAÇÃO-NA-FONTE
SINDICATO NACIONAL DOS EDITORES DE LIVROS, RJ

José, Elias, 1936-2008
J71f   O fabricante de ilusões / Elias José. – 2ª ed. – Rio de Janeiro:
2ª ed. Civilização Brasileira, 2011.
         il. ;

         ISBN 978-85-200-0984-0
         1. Conto infantojuvenil brasileiro. I. Título.

                                        CDD: 028.5
09-6421   CDU: 087.5

Todos os direitos reservados. Proibida a reprodução,
o armazenamento ou a transmissão de partes deste livro, através de
quaisquer meios, sem prévia autorização por escrito.

Este livro foi revisado segundo o novo Acordo Ortográfico da
Língua Portuguesa.

Direitos desta edição adquiridos pela
DISTRIBUIDORA RECORD DE SERVIÇOS DE IMPRENSA S.A. –
CIVILIZAÇÃO BRASILEIRA
Rua Argentina 171 – Rio de Janeiro, RJ – 20921-380 – Tel.: 2585-2000

Impresso no Brasil
2011

ISBN 978-85-200-0984-0

Seja um leitor preferencial Record.
Cadastre-se e receba informações sobre nossos
lançamentos e nossas promoções.

Atendimento e venda direta ao leitor:
mdireto@record.com.br ou (21) 2585-2002

> *"Em um mundo de coxos, aquele que diz que há seres com duas pernas é um visionário, um homem que se evade da realidade. Ao reduzir o mundo aos dados da consciência e todas as obras ao valor trabalho-mercância, automaticamente expulsou-se da esfera da realidade o poeta e suas obras."*
>
> Octávio Paz, Signos em rotação

> *"O poeta é um pobre-diabo que a sociedade despreza — ou ameaça de revólver."*
>
> Albert Camus, citado por Décio Pignatari em Informação. Linguagem. Comunicação

> *"As coisas humanas gastam, gastam.*
> *...................*
> *Queremos resistir e as coisas gastam."*
>
> Carlos Nejar, "Puimento", O poço calabouço

Sumário

O fabricante de ilusões 9

De volta do chão perdido 21

Um estrangeiro muito estranho 45

O plano 55

Tempo de goiabas 75

Incrível o meu reino 79

Amor/Amor 95

O salvador 103

O fabricante de ilusões

Para AGAR e AILTON
(o pai e o filho)
— parceiros musicais e amigos

A cidade não era a mesma. Tudo triste, muito triste. Ninguém sabia ao certo o que estava acontecendo, mas todos esperavam. Com medo e curiosidade, esperavam. Faltava ou sobrava alguma coisa, inexplicável. Se as crianças fossem consultadas, por certo dariam o segredo, mas ninguém estava para ouvir crianças...

Aos poucos, vou-me desfazendo das partes de meu corpo. Vou transformando meus membros em flores, pássaros e borboletas. E eu pensava que já não seria possível transformar mais nada. Acho que só nas partes do meu próprio corpo consigo transformações. Tenho tentado transformar outras coisas e não consigo. Tenho vontade de inundar esta cidade, de fazê-la queimar-se em chamas muito vermelhas. Tenho vontade de cobri-la de pétalas de rosas, como naquele domingo de Páscoa e em outros dias de festas. Vontade de tirar de meus bolsos bombas destruidoras ou transformar as casas em pés de ipê. Só consigo me transformar em poesia, em coisas bonitas e multicoloridas. Vou perdendo minha força, porque me deixei contagiar pelo sorriso da moça do largo da matriz. Vontade de derrubar todas as armações de ferro e cimento para atingir a casa onde ela deve estar agora, talvez sonhando com outro. A matriz se desmanchando, o povo nas ruas e ela gritando pelo meu nome, me amaldiçoando ou pedindo ajuda. Ando fanatizado e não consigo pensar em outra coisa, só ela, ela. Eu estava na praça, depois da missa, todo mundo em volta. Há muito tempo que os adultos não paravam mais. Naquele dia, todo mundo saiu para ver minha fraqueza...

Não sei porque me dói tanto a cabeça e a desorientação do homem diante de mim não me sai da memória. Tenho vontade de procurá-lo e dizer tudo. Dizer que não suporto mais ficar pensando, sem conseguir dormir, comer ou estudar. Vontade de me entregar a ele. Um desejo louco e não consigo guardá-lo só pra mim. Nunca vi tanta força num olhar, tanto desejo me chamando, arrastando, seguindo em cada canto da casa. Acho que estes olhos ficarão sempre estampados em cada parte de minha casa, de meus caminhos. Preciso de coragem para ir até ele. Não o tenho visto nas praças, conversando com as crianças como antigamente.

Domingo: um homem, na praça, cercado de fiéis que saíram da missa. O homem, com o mesmo sorriso jovem, a pele mais viçosa, os olhos infantis. O homem era um convite. Alguma coisa iria acontecer de diferente. Pouca gente se interessava por ele. Já estavam acostumados com as transformações que ele fazia. Só os de fora, curiosos turistas, até do estrangeiro, e as crianças, mas as crianças...

Agora consigo me lembrar com mais clareza. Eu estava na praça, todo mundo em volta. Muitos, que não paravam mais, estavam ali, por minha causa. Eu estava feliz, muito feliz. Revia os meus amigos, os mesmos que ontem eram crianças em torno de mim;

hoje, velhos, ou quase velhos, pais, tios ou avós. E diziam que eu era o mesmo. Todos diziam que eu era o mesmo. Há duzentos anos, sou sempre o mesmo.

Ninguém sabia nada de sua infância ou adolescência. O morador mais velho, um ano a mais de um centenário, diz que o conheceu assim, com o mesmo sorriso de criança, o rosto jovem, os olhos puros e a capacidade de mudar tudo o que tocava. Nenhum morador, por mais novo que seja, pode dizer que viu uma ruga no rosto dele, um cabelo branco. Todo mundo só sabia a estória que ele contava: cada começo de ano, uma voz dizia-lhe a idade, estava com duzentos anos. Não tinha parentes e nunca soube falar de outras terras. Apenas se lembrava, vagamente, de ter habitado o vale, depois da montanha mais alta do município. O resto era desconhecido, como desconhecido era qualquer relacionamento afetivo dele.

— Será que hoje ele vai aparecer?

— Não sei, não. Se não aparecer, a gente precisa ir lá pra ver o que aconteceu.

— Você sabe que ele não gosta...

— Mas a gente fica triste e não sabe o que está acontecendo. Ele nunca passou uma semana sem aparecer. Tentei perguntar pra professora, pra ver se ela sabia de alguma coisa, mas ela respondeu como os pais da gente: sem qualquer atenção.

— A minha me perguntou se eu estava voando, porque eu não prestava atenção na aula.

— Não tem jeito nem de estudar, dá uma saudade na gente!

Todo mundo em volta, as crianças de ontem, as de hoje. Alegrias, palmas, muitas palmas. Lenço vira lebre, palmas. Lebre vira flor, palmas. Flor vira ovo, ovo vira pássaro, pássaro vira caramujo, caramujo vira peixe, palmas, palmas, palmas. Um pássaro na mão iria transformar-se em centenas deles, mas eis que o olhar me cortou o gesto, paralisou-me. E o pássaro saiu voando medroso. Olhos verdes, muito verdes, muito dentro dos meus, uma força arrastando-me, um convite, uma recusa, um sorriso medroso. Pela primeira vez, eu estava encantado e as coisas se transformavam do lado de dentro de meu corpo. Ela fugindo, medrosa, voltando o olhar, querendo ficar. Eu já não pensava em nada, só nos dois olhos verdes me encantando. O povo deixava a praça como se não houvesse mais nada pra ver. Era hora de almoço e até as crianças tinham pressa, embora entendessem que eu não estava me sentindo bem. Falavam. Mas os pais só estavam pensando que a graça acabou, o que não tinha muita importância, sempre a mesma coisa. Há muito tempo não acontecia uma transformação de abalar espíritos viciados com as mudanças.

Há muito tempo, ele havia prometido um rio para a cidade, talvez um mar. Não se conformava com a falta de água correndo naquelas terras. Água, muita água, não um riozinho pequeno como tinham. Os moradores confiavam e não aconteceu. Nunca o perdoaram, achavam que era má vontade, pirraça.

Minhas forças diminuem, já não consigo ver futuros. Tento ver o ontem antes que tudo se acabe. Vou transformando meu corpo em pássaros, flores e borboletas. Olho no espelho e não vejo uma só ruga, um cabelo branco. Tenho duzentos anos. Mas meus olhos não são os mesmos, tenho medo deles. Nunca consegui voltar o tempo, só via o agora e o depois. Não vi meu corpo criança, mas via meus olhos e eram de menino puro. Ficava pensando se não tive ou se tive só infância. Depois do domingo, meus olhos envelheceram muitos anos. As crianças se pareciam comigo, muito. Acho que nunca fui adulto, meus duzentos anos não bastaram. Vou morrer sem saber como vivem os adultos, o que eles sentem e fazem. Meus braços se transformaram num pé de girassol e as mãos vão ficando amarelas, os dedos são pétalas; contra a direção do sol, procuram o rumo da praça da matriz. A outra mão vira um pombo-correio, mas não consigo fazer um poema com os pés. Não posso pedir que ela venha, um pouco que seja, um segundo antes da última transformação. Com um objeto concreto conseguiria me comunicar. Mas só tenho forças pra elementos líricos e só sei, agora, transformar partes de meu corpo.

No jardim da praça da matriz, apareceram milhares de borboletas coloridas, milhares de pássaros. Eles revezavam entre uma das casas da praça, o telhado da igreja e as árvores do jardim. Incrível, com tantas árvores na cidade, só escolhem as do jardim. Com tantas casas, só escolhem aquela. O povo sentiu medo, no início, depois, todos se acostumaram. Não havia perigos, os pássaros não atacavam a ninguém e as borboletas até se deixavam prender pelos meninos, ficando dóceis dentro das pastas escolares. Nenhum perigo, apenas curiosidade.

Tentei dormir, mas não consigo. À noite foi a mesma coisa. Agora são estes pássaros, não estragam nada, cantam bonito, mas perturbam meus nervos.

Tenho medo pela quantidade deles, mas gosto do canto sofrido, sereno. Fico muito triste, mas ouvindo a música, vou sentindo que aqueles olhos já não me seguem com tanta força e desejo. Sinto ternura no ar. Não sei bem explicar, sofro, mas não sinto dor nenhuma, medo nenhum, apenas me sinto nervosa, perturbada.

— Eu não sei explicar de onde apareceram. São tantos, tantos!...

— Só pode ser alguma doidice daquele maluco.

— Não sei se você notou, não só os pássaros e as borboletas aumentaram. Nunca vi tanta flor nos jardins todos, tantas cores diferentes, uma beleza!

— Por enquanto só apareceram coisas bonitas. Tenho medo das coisas se transformarem. A vida já anda tão triste, até é bom ver tantos pássaros, borboletas, flores, tantas cores diferentes, tantas crianças sorrindo despreocupadas.

— Será que foi ele?...

— ?!...

Um menino não aguentou e chamou os outros. Precisavam chamar o amigo para ver tanta beleza. Todas as coisas bonitas que ele fazia eram para eles. Iriam, cantando, procurar o amigo.

Não quero ir me arrastando até ela, não quero que ela veja meu corpo destruído. Apenas queria ficar da janela, vendo, de longe, os olhos verdes, até que as partes de minha cabeça fossem se transformando e meus olhos pudessem assistir às transformações pelo espelho dos olhos dela. Daqui a pouco, meus olhos sairão voando, ganharão asas de diversas cores e ela nem saberá que o pássaro sou eu. Ela me prenderá na gaiola e todos os dias me levará água e alpiste. Eu cantarei um canto de amor, alegre e triste, sempre que ela estiver pra dormir ou acordando. É um amor louco o que sinto, diferente do que sentia quando alisava os cabelos das crianças nestes anos todos. Nunca alisei ou vi um corpo nu de mulher, nunca beijei seios ou lábios. Nada sei do amor de um homem e uma mulher. Mas agora estou sentindo o mesmo que senti naquele dia: um desejo muito grande queimando meu corpo.

Antes, os pássaros, as borboletas. Agora, as flores, brancas, azuis, verdes, vermelhas, rosas, amarelas, todas as cores e de diferentes espécies. Não posso abrir as janelas que elas entram pela casa adentro. Minha mãe está chorando, medrosa, as empregadas, assustadas, meu pai viajando. Quero abrir as janelas, descobrir de onde elas vêm, saber se nas outras casas também há tantas... Mas também eu tenho medo, muito medo.

Os meninos se agruparam e saíram cantando uma cantiga diferente. Nunca ninguém a havia escutado. Cada um estava voltado para o dia a dia e, agora, era uma surpresa. Por mais que os pais chamassem, não ouviam e seguiam pelas ruas. Só eles sabiam qual o destino. Iam em grupos, cantando iam. E a cantiga diferente era a mesma que todos os adultos aprenderam na infância. Agora, muitos já percebiam e se emocionavam.

Vou ficando com poucas partes do corpo. Meus olhos estão cheios de lágrimas, vejo os pássaros partirem, as flores ganham asas e voam, as borboletas seguem apressadas. Fico sozinho, muito só.

Os adultos seguem as crianças e as vozes vão-se tornando mais fortes. As portas da casa da praça se abrem e a moça sai sorrindo, cantando a mesma cantiga que já sabe de cor. E parece voar, como se também tivesse asas.

Acho que não consigo concentrar meus pensamentos mais. Meus olhos se dirigem pra praça. Dois olhos grandes e verdes dividem a distância entre torre e céu.

Uma solidão muito grande vai tomando conta do resto do corpo. Sinto rugas, muitas rugas no rosto. Cabelos brancos me caem nos olhos, quando o vento bate mais forte. Duzentos anos, tenho duzentos anos e nenhuma força para continuar a destruição dos meus restos. (... duzentos anos e nenhuma força para continuar a destruição dos meus restos!) Meus olhos já não distinguem o verde entre a torre e o céu. Tudo vai-se tornando turvo e nem céu nem torre têm mais nitidez. Ouço vozes, muitas vozes, de crianças, de homens, de mulheres, cantos distantes, os mesmos que lhes ensinei nestes anos todos. Quero cantar, mas não consigo. As vozes se aproximam mais e mais, mais e mais. Volto a sentir transformações, sinto que me transformo em andorinhas e vou mudando a direção do canto. Todos me seguem, mudam de rumo, encaminham-se para o jardim da praça. Ninguém para o canto, nem há conversas ou surpresas. Sigo bem perto da moça da praça. Ela canta e não me vê, ninguém me vê. Estou só e com eles, mas não estou triste. E eles estão tristes, apesar de estarem cantando.

De volta do chão perdido

Quando eu chegar à capital, será aquele mundo de perguntas. Todos os parentes, os irmãos, as irmãs, os conterrâneos, os amigos vão querer saber como Catitó sobrevive, se ainda está no mapa, apesar de tudo... E não é que terei coisas incríveis para dizer?! Vou ter muita coisa para narrar, muita. Acho que tudo será tão nada, nem sei. Nem sei se vão se interessar. Catitó é um mundo diferente, parado no tempo, destruído. Já há mudanças e o progresso parece que vai invadir nossa terra. Estão cavando as montanhas, parece que haverá asfalto no futuro. Vi uma ou outra antena de televisão, felizmente só em casas de ricos, se é que se pode chamar alguém lá de rico. Me lembro do passado, antes das desgraças todas, quando o rádio invadiu Catitó e o sossego acabou. Queria encontrar o

Catitó de minha infância e adolescência, mas tudo está modificado, depois das seguidas destruições. Do passado, só encontrei os teimosos que ficaram. E são notícias dos que ficaram que levo para os meus que fugiram antes da dor alastrar-se. Só apanhei anotações (sou sempre muito esquecido e, depois, esta minha mania de escrever me leva sempre a anotar personagens marcantes) das pessoas do passado, pois as novas são raras e não possuem um nada de marcante. Os velhos me pareceram mais novos que os poucos rapazes e moças, as raras crianças. Só apanhei a magia e quem quiser ver mais, ver coisas mais tocáveis, que volte como voltei. Ficamos todos na capital, ao som de alta fidelidade, em apartamentos carpetados e mínimos, falando do passado, lembrando cada desgraça que se abateu sobre a nossa terra e que soubemos, apenas, pelas cartas e pelos jornais. Eu posso dizer que vi, estou voltando feliz porque revi Catitó e, tenho certeza, será pela última vez. Não aceitarei ver Catitó como uma repetição daquele mundo de máquinas em que vivo. Se me perguntarem, vou ter muita coisa para dizer. Aqui mesmo, neste banco de trem de ferro, vou relembrando tudo e há muito espanto e até uma certa dose de medo que não senti lá.

Se me perguntarem por prima Isabela, antiga paixão de minha infância, só posso dizer que a perdi. Ela continua muito linda, criança dançando com os peixes, voando com os pássaros, flutuando, musical, com seu corpo multicolorido e aveludado. Seus cabelos longos envolvem todo o corpo, cobrem os seios, a nudez, e voam e voam juntos e além do corpo dela. Isabela é o encanto do lugar e não consegui fazê-la só minha em nenhum instante. Mostrei-lhe qual era a principal razão da volta e ela sorria e cantava, desligada de tudo, como se estivesse falando com gente de outro planeta. Isabela que é mais sonho pra todos, para mim foi pesadelo, coisa distante, flor perdida e significava tudo. Isabela não se pertence, é de todos os pássaros, todos os peixes, é flor de Catitó, é anjo e criança, está além de minhas verdades terrenas. Isabela não perguntou por ninguém, todos vão querer saber como ela se salvou de todas as epidemias, dos incêndios, das enchentes, dos vendavais e das pragas todas que arrasaram Catitó. Só posso dizer que vi Isabela, vi Catitó, não foi sonho nenhum, ela existe, como vários outros sobreviventes. Catitó existe, além e apesar de tudo...

Se me perguntarem por seu Lucas, digo que anda mais e mais distante da terra, com os olhos sempre presos no céu, dizendo orações e cantando música religiosa que toda a cidade ouve e muitos cantam com ele. Ele sai para as ruas e vai formando procissões de fantasmas, as beatas fazem sinal da cruz e puxam terços infindáveis. Todos beijam-lhe as mãos e ele repete, no centro da praça, partes inteiras da Bíblia. O padre, o pastor protestante e os médiuns espíritas ou da macumba não perdoam o prestígio de seu Lucas. O povo não quer saber de nada, cada um tem sua fé, sua igreja, mas todos procuram seu Lucas. Sua fé domina todo o corpo, sua voz alcança fazendas e sítios vizinhos e muitos milagres aconteceram e acontecerão sempre. Suas mãos benditas tocarão sempre as cabeças dos infelizes, dos doentes, dos pobres. Seu Lucas e seus cabelos longos e brancos, suas barbas batendo na cintura, as roupas surradas, os olhos mansos, o jeito de santo vivendo entre os homens para facilitar a vida. Seu Lucas, orai por eles, mas orai também por nós, os covardes, os que abandonaram tudo, medrosos, os que negaram seu pedaço de terra, sua gente, os que foram em busca de ilusões e se desiludiram mais cedo. Seu Lucas, tende piedade de nós!

Se me perguntarem pela vizinha, Dona Jerusa, digo que continua a mesma dama: vestidos longos, cabelos em coque, casaco de pele, camafeu enfeitando o lenço no pescoço, pouca pintura, a mesma idade de sempre, nem um só fio branco nos cabelos, nem uma só ruga na face. Bela e aristocrática. Pareceu-me mais alguém que saiu de uma foto antiga e assumiu com dignidade o seu antigo lugar. Jerusa está viva, não é foto, é gente, tem carnes, é bela e vence o tempo e se eterniza naquele mesmo antigo espaço. Ela reina na casa, sem nunca atingir o lado de fora. Ela é diferente de todas as outras mulheres, parece gente de cinema, estas senhoras muito nobres, muito elegantes e altivas. E ninguém recebe como ela, o seu chá com torradas, seus doces e bombons, tudo é melhor. Muitas vezes, fiquei pensando em ser aquela mulher uma filha de Jerusa, mas ela nunca se casou. Quando Jerusa sentou-se ao piano, tive certeza de sua dose de eternidade. Ela tocou as mesmas antigas valsas, com o corpo mais firme, os dedos mais ágeis ainda. E a infância voltava, e papai voltava encantado, com os olhos perdidos na janela que dava para casa de Jerusa, um feitiço. E mamãe voltava gritando, sentindo-se traída, sabendo que traição não havia, apenas um sonho dele, ilusão. E Jerusa tocava e eu era meu pai, perdido no rosto, nos dedos, nos sons que vinham do piano e do corpo. Os mesmos hábitos, as mesmas roupas, as mesmas valsas. Dizem que continua recebendo pedidos de casamento e que nada responde, continua impassível, indiferente se causa dor e paixões. E os que hoje sonham com Jerusa são filhos dos antigos enamorados de ontem. E eu, que sonho com Jerusa, que quero Jerusa, que penso em abraçá-la, sou eu mesmo e meu pai, somamos juntos uma imensa paixão. Mas Jerusa não sabe do tempo, não pensa em amor. Ela sustenta o mesmo ar superior, o sorriso vago, os olhos molhados e sensuais. Ela não tem memória, não sabe nada do ontem, sabe de tudo de agora. Na casa, não há jornais, nem rádios, nem telefone, nem revistas ou tevê. Jerusa nunca sai de casa. Mas ela fala das guerras, dos teleguiados, dos robôs, das agitações políticas, de sequestradores e sequestrados, das vedetes do cinema e dos armadores gregos, do valor do cruzeiro e do petróleo. Há qualquer voz superior soprando notícias nos ouvidos de Jerusa. Observei bem, há muros na casa, Jerusa não sai para nada, mas há árvores, muitas árvores, e o vento sopra pela casa com mais força. Talvez seja o vento o mensageiro, talvez... A empregada entrou anunciando o banho, Jerusa olhou o relógio de parede como se me desse ordens. Apertou minha mão dizendo adeus, quase mostrando que era uma exceção e não haveria outra vista. Depois, os parentes disseram que ela nunca recebe ninguém. Interessante, só sei que passei pela rua e ouvi o piano, lembrei-me de um dia na infância, lembrei-me da mulher que tocava sozinha, sem ninguém para ouvir, até que entramos, eu e meus irmãos, pela janela, atraídos pela música. Lembrei-me como mamãe batia na gente, raivosa, e como papai sorria feliz. Voltei os olhos antes de entrar no carro. Jerusa estava espiando, com o rosto escondido nas cortinas. Eu olhava para ela e ela me olhava. E os seus olhos pareciam mais sensuais, mais molhados, muito distantes, perdidos no tempo, talvez buscando nos meus os olhos de meu pai.

Se me perguntarem pela morte trágica de tia Acácia, só posso dizer que não houve bem uma morte. Ela não existe mais de corpo, mas a alma volta todas as sextas-feiras, na fazenda, onde ela reúne todos e dita normas para tudo. Ela sabe das trocas, das terras, das dívidas e pagamentos. Quando duvidei da volta de tia Acácia, fecharam a cara para mim e, só com muita insistência, fizeram as pazes. Fui convidado para uma reunião, aliás, foi uma intimação dela.

Sentei-me no lugar indicado, respondi a todas as perguntas. E não é que ela resolveu ironizar meus irmãos, falou nomes feios, medrosos, cagões, tudo porque tivemos medo e partimos, assim que começaram a acontecer as coisas estranhas em Catitó. Nada se faz na família sem seu consentimento, nem compras, nem vendas, nem trocas. Ela sabe do mínimo bezerro que desmama, do moirão de cerca que cai, do aumento ou diminuição do leite ou da colheita. Os empregados e herdeiros das terras trabalham dobrado, sempre medrosos, oprimidos, sabendo que há um olho de vigia. Contudo, ninguém pensa em partir. Aos empregados, ela garante um nível de vida decente. Aos familiares, ela garante renda certa. E a fazenda está mais verde, as terras muito férteis dão de tudo, o gado de primeira, tanto pra corte como o leiteiro. Até as flores têm cores mais variadas e vivas, os frutos têm mais sabor. Eles sabem que não é a terra que é melhor que as outras, não é o trabalho de ninguém que é perfeito, não usam e nem creem em adubos modernos. Sobre eles, sobre as terras, maior e mais poderosa que tudo e todos, está a força de tia Acácia. Nas primeiras semanas, quando ela apareceu, houve pânico e desmaios. Agora, eles preparam a casa como se fosse uma festa. É uma festa. Todos de roupas modestas, mas limpas, a casa florida, muita coisa para comer, alguma coisa pra beber, esperam tia Acácia com os olhos aflitos. Só ela dá alegria e segurança para toda a família. Se me contassem, se eu não visse, não acreditaria e estaria como os irmãos, lamentando a morte de tia Acácia.

De tio Jerônimo pouco há pra contar. Dizem que se embrenhou na mata, já está muito velho e barbudo, detesta gente e convive com as feras. Muitos afirmam que foram desilusões amorosas. Outros dizem que era um sábio e descobriu que o pior inimigo é o homem. Quis saber detalhes do tal caso amoroso e só me afirmaram que ele se apaixonou por uma fotografia de uma bailarina russa, tirada de revista ilustrada. Abandonou a família, vendeu terras, escreveu convidando-a para uma ceia em Paris, onde ela estava. Comprou passagem e partiu, pouco preocupado com a resposta, pouco preocupado com o endereço usado, apenas o de um teatro onde ela se exibira num verão anterior. Voltou sem nada, apenas a roupa do corpo. Não quis saber da família, começou a conviver com cães e gatos. Nas noites de lua cheia, dizem, cantava uma música muito triste, dessas de doer na alma, mais voz de pássaro que de gente. Na mata, dizem, ele continua seu canto e há coro de pássaros nos estribilhos, tudo como se fosse coisa combinada. Ao seu lado, há bichos de toda espécie e ele dialoga com eles, na língua deles. Perguntei aos parentes de papai e responderam ambiguamente. Perguntei aos parentes de mamãe, nem quiseram tocar no assunto. Só disseram que a família de papai é mesmo assim, manicada. Soube de uma antiga mágoa entre as duas famílias. Estranhos me disseram coisas e não acreditei. Fui bem tratado pelos dois lados. Mas queria saber mais de tio Jerônimo, o meu preferido, e só me diziam que nem fala humana ele aceita mais, canta como os pássaros, urra como os bichos e parece estar muito feliz. A mulher e os filhos sumiram também de Catitó. Dizem que, da carroceria do caminhão, tia Carola ia soltando maldições para a cidade toda, para a família toda, mas em nenhum momento amaldiçoou tio Jerônimo. Todo mundo dizia, aquilo é que é mulher. Sofreu, amargou, tomou raiva do lugar, do povo, não do marido.

O João de Barro sonhou que tinha asas, podia voar. Acordou, olhou para o corpo, ficou triste. Subiu na torre da igreja, abriu um guarda-chuva, voou bonito e depressa, até o corpo espatifar-se, manchando de vermelho o novo calçamento. O corpo foi pro cemitério, a alma saiu pros bares. No Bar do Ponto, há sempre um copo que enche e esvazia sempre. É a alma do João de Barro que vem, que pede e bebe, e pede e bebe, e nada de pagar — afirmou o garçom. Quando alguém fala qualquer absurdo, ele ainda acha ruim. O copo tanto mexe como pula, parece até o João gritando com a gente, quando não gostava de um brinquedo. Deixei uma nota para algumas doses pro João, o copo dançou agradecido, como se cumprimentasse um velho amigo.

Nas últimas eleições, houve mais votos dos mortos que dos vivos. O Juiz me disse que era muito natural. Afinal, os dois coronéis continuavam mandando e até faziam combinações antes de lançar qualquer candidato. Qual força dos moços pode com eles? Têm tarimba, sempre estiveram por cima. Mandam tudinho resolvido lá do céu, basta executar. Fiquei me lembrando que um dos coronéis era vovô. Tia Acácia era a favorita dele. Todos os outros se abaixavam ante os dois. Agora, um manda na fazenda, o outro, na política da cidade. Continuam no poder. Com toda certeza, combinaram bem as obrigações, para que tudo saísse do modo deles. Fiquei pensando na raiva de papai, deserdado, e tia Acácia ainda achava de ir em casa dar ordens. Agora, no outro mundo, ele deve andar muito humilhado, vovô e tia Acácia muito provavelmente não lhe dão sossego, nem depois de morto.

Sá Rosa continua lendo as cartas e viu muita alegria para mim. Volto mais leve, esperando as grandes viagens, esperando a princesa que virá numa carruagem muito azul, puxada por dois cavalos muito brancos, ela vestida de ouro, cabelos de trigo, muito rica, sadia e bonita. Porém, volto com medo dos soldados dos vários príncipes que me procuram vivo ou morto. Eles querem mudar nosso destino, querem se casar com a princesa. Sá Rosa me preveniu, mostrou a força deles, suas caras deformadas pela vingança. Sá Rosa disse que era para eu me prevenir, mas não temer muito. Sou mais bonito, ela me ama, quer ser minha de qualquer jeito. Disse, também, que tenho o santo forte, sou neto do coronel e sobrinho da Acácia, nada de ruim aqui na terra pode me acontecer. Só que tenho que me apegar a eles, rezar por eles. Mesmo assim, é preciso cuidado, os mortos também tiram soneca. É preciso pisar firme, olhar duro, ver com quem vou falar, nada de conversar com estranhos. O perigo virá com a princesa e só com o tempo desaparecerá. Como a princesa não veio ainda, ando de qualquer jeito, durmo no vagão de segunda desse trem e sonho muito com Sá Rosa, com Catitó, com a princesa. Até agora não me aconteceu pesadelo algum, acho que tenho mesmo bons protetores, santo forte.

O vigário anda caduco, não se adaptou com a nova missa e mistura Português com Latim. Não dá mais para segui-lo. Ou eu me esqueci dos ritos, ou ele anda trocando as falas, as partes, as horas de ficar de pé, ajoelhar, sentar-se. Só sei que troca tudo e fica bravo quando não o acompanham. Se ficam sentados ou de pé, ele grita, chama o povo de preguiçoso, ninguém quer mais sacrifício, ninguém quer mais se ajoelhar. Assim, na maior parte da missa, todos ficam de joelhos. No sermão, as coisas ficam mais engraçadas ainda — isto pra mim, pois só eu ri, os outros estavam sérios e até me olharam com censura. Ele dizia que as mulheres deviam vestir-se com decência, pois o diabo estava atrás delas e não podia ver pernas e seios. Dizia que as novas modas eram absurdas e, quem usasse saia curta, haveria de acertar contas com o demônio. Falou das pílulas, esta bomba atômica que anda arrasando anjinhos inocentes e jogando pais criminosos nas fogueiras do inferno. Rogou praga no dono do Bar do Ponto, que permitia jogo aberto, vendia bebida para mulheres e menores e, ainda por cima, nem fechava as portas na hora da santa missa. Rogou mais pragas, desejou que não caíssem chuvas, e os fazendeiros iam ver o que é deixar um pobre padre sem alimento. Gritou que a colheita andava fraca demais, tudo porque as mulheres gastavam dinheiros com pinturas e cigarros e os homens com as prostitutas. Como me lembrei que nem prostitutas havia mais em Catitó, comecei a rir meio alto.

O padre deve ter ouvido, pois gritou contra os estranhos que andavam invadindo a cidade, talvez em busca de ouro, de pedras preciosas, de todas as riquezas que Deus dava apenas para os da terra. Era preciso desconfiar, expulsar os invasores. Quando os demônios descessem na terra, viriam na pele de estranhos. Fui saindo de mansinho e só ouvi quando ele pediu para rezarem juntos todos: "Creio em Deus padre, mas desconfio do demônio, todos dois poderosos, criadores do céu e do inferno, amém."

Fui saber, mais tarde, pela boca de um parente meio herege (aliás, é meio mal de família) que o padre tem razão de protestar. Sanita é a culpada da falta de dinheiro na missa, da falta de alimento na despensa. É ela quem passa a bandeja na missa, ela é quem controla os alimentos. De cabeça branca, enrugada, o corpo dobrando, acabou se apaixonando pelo toureiro Beija-flor, do Circo Touro à Unha. Ele exige a coleta, os alimentos, as esmolas de todos os santos. Ela dá tudo em troca de noites de amor. Ninguém denuncia ao padre, ninguém fala ou reclama, ficam silenciosos. Silenciosos por eles mesmos, está feita a obrigação da esmola, ninguém tem nada com a aplicação. Também porque o padre, quando há dinheiro, bebe tanto vinho que quase entra em coma. Pior, sem dinheiro, o toureiro vai embora, ganha tão pouco no circo... Sem ele, o circo fica sem graça, é a melhor e quase a única atração. Sem o circo, Catitó fica sem graça, é quase a última atração. Assim, chegam até a dar mais moedas na missa. Depois, o padre, sem dinheiro, fica mais nervoso e até a missa fica mais engraçada.

Caridade, a solteirona, deu para endoidar nos dias das luas dela. Antes, era o mutismo, fechada no quarto, só saindo para as rezas, ocupada em sair de Verônica na procissão do enterro. Depois, o falatório, dizendo que era paixão por homem casado. Ninguém via mais Caridade, só nas procissões, purgando seus pecados, calada, olheiras fundas em contraste com a pele muito branca. Quando mudamos, era assim Caridade. Depois das tempestades, das enchentes, das epidemias e dos vendavais, Caridade mudou demais. Tirou o luto das roupas, passou batom e muito ruge, vestido curto como a moda da capital. Bebe, fuma e, quando fica no fogo, grita para todo mundo escutar:

— O que eu quero é homem! É homem! Catitó não tem homem, só tem maricas! Eu quero homem, é só maricas que tem aqui!...

Dizem que os homens, no começo, andavam preocupados em provar o machismo e Caridade se embebedava de homens. Com o tempo, ficaram surdos aos desafios. Mas um resto de jovens, que não sei como ainda existe em Catitó, acompanha Caridade pelas ruas mais escuras e, no quarto dela, começa a aprender essas coisas de sexo. E Caridade anda muito satisfeita e diz que em procissão, só sai se for de Madalena.

Seu Zeca, agente dos correios, avisou ao lugarejo que tem ordens superiores de violar, ler, censurar e, se achar conveniente, entregar as cartas. Gente que ouve rádio, lê jornal ou vê televisão (muito discretamente estas pragas chegam lá) disse que é verdade, que há mesmo uma tal de censura. Assim, ninguém protesta, e seu Zeca se diverte, arrumou o que fazer. O prefeito ouviu minha reclamação com zombaria. Eu é que andava mal informado, muita razão tinha seu Zeca e mais ainda as forças superiores. Assim, todas as terras pacatas como Catitó estavam livres da imoralidade, da subversão, do desacato à ordem estabelecida. Saí da Prefeitura ciente que errados éramos nós, os informados da capital.

Seu Moisés me recebeu com festas, assim que mencionei o nome de meu pai, antigo companheiro dele. Alegrou-se mais quando soube que eu era formado em Direito, precisava muito de um advogado para ajudá-lo a elaborar as novas leis jurídicas que pretendia implantar em Catitó e em toda a região, se for vitoriosa uma revolução que está tramando. As leis foram ditadas por Deus, e eram baseadas no Êxodo. Ele era o mesmo Moisés bíblico, só que era um segredo, ninguém podia saber. Trouxe suas anotações e me mostrou. Nem tudo estava pronto, mas fui anotando o que pude: 22 — ROUBOS: Se alguém roubar milhões, trapacear em negócios, seus lucros aumentarão e, em pouco tempo, será o dono da cidade. Os outros todos lhe restituirão em dobro e, em pouco, sua fortuna será cinco vezes maior que a quantia roubada. Se um ladrão for apanhado, forçando a porta ou escavando janelas e paredes, quem o ferir será homenageado pelo poder público. Se alguém souber que há ladrões de galinhas ou de objetos de pequeno porte, denuncia-os, não os mate. A polícia poderá espancá-los, até que resolvam tornar-se escravos do denunciante e, mais ainda, terão que devolver ao dono seus objetos em dobro.

PREJUÍZOS NOS CAMPOS E NAS VINHAS: Se alguém danificar um campo de vinha alheio (lógico que vinha é simbólico, pois esta região só dá café), ou preparar invasão de seu gado em pastos alheios ou atear fogo na boa plantação do vizinho, verá que seu lucro será maior, pois haverá um concorrente a menos.

DEPÓSITOS ROUBADOS OU DETERIORADOS: Se alguém confiar a um amigo, dinheiro ou qualquer objeto para guardar, exija dele um recibo e um termo de compromisso, assinados por duas testemunhas e fique preparado para a pior. Os juros não devem ser inferiores a 5% no caso de empréstimos. Se no ato do pagamento o amigo disser que não tem, os juros dobrarão e os papéis serão renovados. O pedinte terá que relacionar os objetos que entregará, caso não puder pagar o estipulado. As testemunhas, agora, serão endossantes e o número delas poderá dobrar. Se o objeto foi perdido, quem o guardou deverá dar dinheiro em dobro do seu valor. Se o objeto foi danificado por terceiros (crianças, empregadas domésticas, animais ou mesmo a esposa), que o dono leve o que resta e o guardante, que não tem culpa, só o resto terá de restituir.

EMPRÉSTIMOS E ALUGUÉIS: Os objetos, que alguém pedir emprestado ao seu próximo, ficarão em poder do pedinte até o dono lembrar-se de pedi-los de volta. Caso o objeto se quebre, ou se for coisa viva e morrer ou se atrofiar, basta dizer que há muito o tinha devolvido. Mas se o dono viu o que foi destruído, a tática terá que ser inventada na hora. Cuidado para não corar-se e não abaixar os olhos; é importante enfrentar com arrogância e firmeza qualquer mentira a ser dita. Uma outra saída: falar das semelhanças entre as coisas e os objetos, afinal, até os dedos das mãos são quase iguais. Pode não ser o objeto dele, mas um parecido. Agora, se houver marcas ou assinaturas, talvez seja melhor uma desculpa humilde ou uma boa valentia. Se não era empréstimo, mas coisa alugada, o melhor é ir soltando logo palavrões e valentias e, depois, esperar pelos resultados.

SEDUÇÃO DE UMA VIRGEM: Se alguém seduzir uma donzela, mesmo que já esteja casada, é melhor não dormir a noite toda, para evitar que ela entre tarde em casa. Convém ficar de olhos acesos, há muita gente que gosta de seguir, de espiar e muitos não têm vergonha e saem contando. Se ela não preencheu seu vazio, é melhor não ficar sabendo o nome.

Caso contrário, marque outros encontros, mas sempre de olhos abertos: ela pode não dar sossego, principalmente se houver bens da parte do sedutor. Se o pai dela ficar sabendo, pior, poderá acontecer até tragédia: ele poderá exigir um grande dote para si mesmo ou uma casa montada, com direito da família toda usufruir dela. Na melhor das hipóteses, exigirá um casamento e, se ambos gostarem da estória, poderá até durar um pouco mais.

MAGIA: Ai daqueles que perseguirem os feiticeiros, criando, assim, condições para que o mundo perca o sentido! Todos devem procurar as bruxas nos momentos difíceis. Os ilusionistas, as bruxas, os poetas e os alquimistas devem ocupar lugares de destaque em nossa nova sociedade. Afinal, só os falsos dirigentes temem estas forças superiores que acabarão dominando o mundo. Se duvidam, observem os meios de comunicação em massa, nas horas de noticiários políticos: os poderosos temem os fantasmas, por muitos motivos fortes; pois os fantasmas vão lhes perturbando o sono, até a vida aclarar.

BESTIALIDADE: Feliz daquele que pecar como uma besta e conseguir transformar a vida em carnaval eterno, em luxúria, com os instintos soltos, muita mulher bonita, samba, cachaça e pouco trabalho.

IDOLATRIA: Todos devem amar seus ídolos até a adoração, a loucura: seja um cantor de rock, artista de cinema ou jogador de futebol. Devem sacrificar-se aos menores caprichos de seus heróis de histórias em quadrinhos. Dobrem-se em preces para a garota de tanga que está na tela e nos *posters* de seus quartos. Só adorando os deuses terrenos encontraremos equilíbrio e fé.

CUIDADO PARA COM OS FRACOS: Cobre em dólares aos estrangeiros que pedirem qualquer ajuda sua — eles sempre podem pagar. Se for ao estrangeiro, trate de aprender a língua deles, o câmbio, e nada de pedir informações ou favores. Se algum amigo morrer, procure ajudar à viúva e aos filhos no inventário — pode ser que sobre uma boa parte. Se ela for bonita, mais bens sobrarão. Se atender a pedido de empréstimos, não se esqueça de exigir garantias e bons lucros, mesmo que, com as exigências, tire até a última veste do pedinte.

MAGISTRADOS: Fale mal dos juízes, principalmente quando seu time de futebol perder. Amaldiçoe os príncipes, principalmente os que desfilam nos bailes de fantasia de carnaval de luxo. Eleve os que sonharam com o poder e acabaram mofando em celas imundas de hospícios e presídios.

PRIMÍCIAS E PRIMOGÊNITOS: Tarde, ao máximo, em pagar as dívidas, empréstimos e impostos. Force seu primogênito a trabalhar depois dos sete anos para que as despesas da casa não fiquem todas em suas costas. Coma todas as carnes possíveis, só deitando os ossos aos cães — os pobres é que tratem de se virar ou morrerão de fome.

Seu Moisés lia tudo com tanta emoção, falava em seu plano de tomar o poder com tal segurança, que saí de lá às pressas, com medo de ser considerado um seu correligionário. De trouxas e idealistas, os presídios e hospícios andam cheios...

Dona Violeta parou de fazer flores de encomenda. Bem que insisti no pedido, pagava bem, queria trazer rosas, margaridas, hortênsias e violetas para as mulheres amigas. Nem as flores naturais são mais bonitas que as feitas por ela. Antes das desgraças matarem Florisbela e Rosabela, as duas irmãs de Dona Violeta, as três faziam flores que eram vendidas até nas capitais. Dona Violeta não me reconheceu, perguntou se vim de fora, lembrou-se dos dias de glória, quando os compradores passavam e era uma alegria, acompanhada de dinheiro, muito dinheiro. Tudo o que tinha foi ganho com flores. Para o pessoal da cidade, ela não contava nada, tinha o seu orgulho, muita reserva. Nunca gostou muito de trabalhar para os de Catitó. Depois das desgraças, chegou até a ter raiva dos conterrâneos. A morte das irmãs tirou o jeito, se trabalhava, é porque não havia outra maneira de esquecer. Por que não vendia? Para mim, um estranho (estranho em minha terra? — fiquei triste e me calei), ela contava: Agora, as flores eram só para ela, para enfeitar a futura sepultura. Nem para as irmãs as levava mais, nem em finados. Não que não tivesse vontade, mas fazia parte de um trato. Olhou bem em meus olhos, percebeu a pergunta que minha boca não fazia e respondeu: um trato que fiz com a morte. Ela anda rondando a casa, bate na porta, aparece em sonhos. Pedi que me desse uma trégua, não estava preparada para morrer, queria ir com muitas flores, como ninguém em Catitó já teve. Ela me fez fazer duas promessas para atender o meu pedido. Ficaria distante de casa, mas de olho, seguindo o prometido. Teria que trabalhar oito horas por dia e não venderia uma só flor, nem daria a ninguém, nem mesmo às irmãs mortas. Assim, estou fazendo.

Os armários estão quase cheios, talvez esta semana ainda, acabo partindo. Será um enterro muito florido, como sempre sonhei, mais florido que qualquer outro de Catitó!

Se me perguntarem mais, mais não saberei dizer. Se perguntarem... quem irá perguntar? Quem? Estarei louco, inventando irmãos, irmãs, amigos? Inventei tantas estórias pra gente de Catitó e acabei eu mesmo acreditando nelas. Não há ninguém, nada. Irmãos e irmãs, pais, amigos, todos se perderam, vivos ou mortos. Sou o único sobrevivente da fuga, o morto vivo que anda engravatado, de terno, pelos viadutos e elevados, pelo asfalto e entre anúncios luminosos, procurando minha gente, procurando gente, mesmo que não sejam os meus. Sou o que tem visto coisas inacreditáveis, estranhas, doloridas e, agora, achou de espantar-se com o que viu em Catitó.

Um estrangeiro muito estranho

Não sei a razão, mas não fui com a cara dele já no primeiro contato. Dez anos de sólida camaradagem, trocando selos e postais, contando coisas pessoais em cartas, chegando ao ponto de surgirem convites de ambos os lados para uma visita, conhecer a família, conhecer o país, conhecerem-se pessoalmente. Albert aceitou o convite e veio de Londres para conhecer-me, ver o Rio de Janeiro de perto. Quando a carta chegou, anunciando a visita, houve uma alegria passageira, pois havia também a preocupação com a hospedagem. Mas ele chegou, trouxe muitos selos raros, lembranças pra família toda, pra mim em especial. Calculei o bom dinheiro que deve ter gastado com a gente. Só aqueles selos me dariam um tutu. Além dos presentes, trouxe um incrível olhar fotográfico que não perdia um só detalhe. Em carta, parecia-me uma pessoa normal, inteligente, de nosso nível, mas como me enganara!... Mãe Lu foi recebê-lo, como sempre, depois da campainha tocar uns quinze minutos. Nunca atendemos na hora, desde uma noite em que a polícia veio perturbar uma festa íntima, uma encenação de uma opereta em homenagem à alma de vovó Téia. Foi difícil convencer a polícia de que se tratava de uma família de artistas e não de desordeiros, como os vizinhos disseram. Agora, sempre que tocam a campainha, a gente apanha a escada, sobe e observa numa abertura alta que não dá para a visita ver. A velha foi muito amável, quando ele se apresentou. Ela já o conhecia de nome e de foto, não tinha razão para ser diferente. Estranhos nós recebemos aos gritos, mas os amigos são sempre bem-vindos. Ela não quis me chamar, respeitou minha soneca diária. Colocou-o à vontade, ofereceu bebida, um lanche, insistiu para que aceitasse alguma coisa. Só não permitiu, e estava muito certa, que tomasse banho. Afinal, tia Beta tira a soneca dela na banheira e o chuveiro sempre faz algum barulho e, quando ela acorda fora da hora, fica mal-humorada e ninguém suporta o berreiro que faz. Isso quando não apela para a agressão física, com aqueles braços gordos e as pernas acostumadas com jogo de capoeira. Mãe Lu disse que, se quisesse, poderia lavar o rosto na pia. Ele parecia meio encabulado de lavar-se perto de uma mulher dormindo, mas o rosto estava tão suado que acabou aceitando. Saiu assustado do banheiro, como se tivesse visto um animal selvagem, como se nunca na vida tivesse visto uma mulher dormindo nua numa banheira. Esses estrangeiros são mesmo muito estranhos, não compreendem os costumes dos trópicos. Quem sabe a coitada tinha obrigação de dormir de camisola com todo este calor? Mãe Lu salvou a situação com um copo d'água bem gelada. Mais calmo, ele resolveu aceitar o lanche. Afinal, mãe Lu estava prevenindo-o de que o jantar só seria servido às 22 horas, depois do ensaio geral da nova opereta de tio Duque. Tudo queria saber, que carne era aquela, escura, esquisita; por que o pão estava tão duro e queimado; que mistura colocavam no leite para ficar tão vermelho. Nossos costumes pareciam-lhe estranhos e era difícil para mãe Lu, que não dominava completamente o inglês, explicar com detalhes. Quando tio Duque saiu do quarto, solfejando e dando com os braços e com a cabeça sinais para os inexistentes músicos de sua sinfônica, foi o máximo. Só mãe Lu mesmo para contar direito. O estrangeiro se encolheu como se corresse perigo, quis saber se tio Duque era louco. Mãe Lu, que tem o sangue quente, não aguentou e explodiu bonito. Subiu à mesa e fez um longo discurso, com todos os palavrões que sabia, em português, inglês, francês, e até em japonês. Era para se conscientizar, ver com quem estava falando, uma família de artistas, tradição de nossa música erudita, apesar de todos estarem afastados há muito dos palcos, pois a cretinice da juventude atual não aceitava mais óperas e operetas. Acho que ele nunca imaginou encontrar uma mulher tão sabida, com um tão rico repertório de nomes feios. Foi bom o discurso. Ele resolveu parar com as perguntas malucas e me esperar quietinho no quarto indicado. Como se tratava de um estrangeiro, de uma visita especial, resolvi me vestir com apuro: traje de luxo, chapéu, casaca, botas de boiadeiros do norte, lenço no pescoço, como os caipiras das fazendas do Brasil central, um bom retoque no bigode e nos cabelos, uma bem ajeitada caveira brilhando na ponta da bengala (uma preciosidade que tia Beta recebeu da Itália, com a garantia de ter sido objeto de estima do grande Caruso). Assim que bati à porta, perguntou quem era e o sangue me subiu pra cabeça. Onde já se viu perguntar quem bate quando se está em casa de família e não em um ambiente baixo. Nós sempre prezamos esses pequenos cuidados no comportamento diário, problema de educação evoluída, coisa que estrangeiro desconhece. Se estão batendo, o negócio é abrir ou silenciar, caso não queira ser incomodado; mas não, achou de me irritar. Por educação, perdoei a falha, dei meu nome e ele nem teve a fineza de demorar um pouco para abrir. Pelo menos fingisse que estava se arrumando. Abriu no mesmo instante e não havia mesmo o que se arrumar: estava como chegou, se deitou um pouco, nem sequer deixou a roupa amarrotar. Penso que não quis deitar-se, descansar um pouco. Maluco como é, de certo ficou olhando os quadros naturalistas na parede. Fingi uma falsa alegria, dei-lhe boas-vindas, desejei-lhe bom descanso. Já ia me retirando, quando ele pediu, quase suplicante, que ficasse um pouco mais para conversarmos melhor. Não via muita utilidade em sentar-me naquele quarto abafado e ficar conversando, pois em cartas, acho eu, já tínhamos dito quase tudo o que se podem dizer duas pessoas amigas. Ele já sabia meu gosto musical, minhas leituras, minha formação religiosa, meu ódio por futebol e carnaval, coisas desta terra que me envergonham terrivelmente. Até alguma coisa sobre minha vida íntima sabia. Não escondi sequer minha paixão clandestina por uma mulher trinta anos mais velha que eu, antiga pianista, pessoa também ligada ao meio artístico como nós. O que poderíamos dizer mais? Ele ficou meio decepcionado com minha pergunta, me fez ver que tinha gasto uma pequena fortuna com as passagens aéreas, tinha se deslocado de sua casa, de seu país e eu dizia que não havia nada de especial pra dizer. Cheguei a ver uma lágrima nos olhos dele e, como sou uma pessoa extremamente sensível, resolvi convidá-lo para uma conversa mais informal na biblioteca. Lá fui mostrando fotografias da família, toda uma série de apresentações musicais, com recortes da crítica da época. Albert me deixou contrariado de cara, querendo forçar minha memória para dizer as datas. Bastava ver como os papéis estavam amarelos para ver que não era coisa recente. Não gosto de pensar no tempo. Hoje, prefiro fechar os olhos e sentir as palmas, como acontecia depois de cada espetáculo. Mãe Lu serviu café e ele ficou achando muito estranho estar gelado, como se todos tivessem obrigação de gostar de café quente. Depois de ver tanto retrato, cometeu a maior rata da visita: perguntou por papai, por alguma fotografia dele pelo menos. Mãe Lu não esperou um minuto, despejou toda a cafeteira na cabeça dele. Café e cacos de louça desciam pelo corpo. Eu não conseguia segurar o riso. Coitado, fiz mal em não o avisar: qualquer menção ao nome de papai deixa mamãe um pouco agitada. E ela só acalmou quando expliquei-lhe que ela estava errada, sem aviso prévio, como seria possível ao estrangeiro saber das intimidades... Mãe Lu é sempre muito lúcida, acabou concordando comigo, mas se negou a pedir desculpas. Estava ainda com ódio, não dele, mas do velho. Eu pedi desculpas, expliquei sem entrar em detalhes comprometedores, insisti muito e ele acabou desistindo de partir. Conversamos mais, Albert falou da viagem, da família, da esposa, dos três filhinhos, da vontade de conhecer o Rio e o resto do país. Só parou de falar quando outra voz mais forte entrou pela sala: era tia Beta que acordara e, como de hábito, treinava a voz bonita de soprano. O visitante ficou emocionado com a beleza da voz, tenho certeza. Corri ao banheiro e trouxe tia Beta para uma apresentação melhor. Ela veio, dobrou-se agradecida e recomeçou o canto. O estranho estava sem jeito, olhos baixos, vermelho, branco, estranho. Quando descobri que era devido à nudez de titia, tive que me conter para não quebrar a cara do imoral. Apertei-o contra a parede, exigi que se explicasse, afinal era a honra da família que estava em jogo. Titia não estava se importando muito com a briga, continuava a cantar, agora com mais emoção, pois tio Duque comandava a sinfônica com muito capricho. Mãe Lu dava passinhos de balé, fazia mímica, jogava-se entre mim e o estrangeiro. Como ele não reagia, como se mostrava muito arrependido, soltei-o e fiz com que se esquecesse do incidente, continuasse assistindo ao recital. Titia cantou mais de duas horas, eu fiz dueto, mamãe fez contracanto, tio Duque regia a orquestra com muita emoção e capricho. Senti-me na obrigação de abrir champanha e, com um bonito discurso, com fundo musical adequado, saudei o amigo, oferecendo-lhe a casa pelo tempo que quisesse, mostrando o quanto já era estimado pela família toda. Ele suspirava de segundo a segundo, não sei bem a razão, mas acho que é porque nunca se sentiu tão bem instalado em toda a sua vida. Como viajantes que sempre fomos, atuando nos maiores teatros do mundo, chegamos todos a uma conclusão: ninguém recebe melhor que nós, os cariocas. Fiquei feliz e agradecido aos meus por oferecerem ao meu amigo momentos de música fina, palavras amigas, boa champanha francesa e, sobretudo, a alegria de uma família sadia, feliz, maravilhosa como a minha. Quando mamãe deu ordens para encerrar o espetáculo, soando a campainha do banho, ele suspirou de novo. Eu não sabia se limpava os olhos de emoção ou se o abraçava como a um irmão. Mas logo reagi ao sentimentalismo. Por ser visita, não iria tomar banho antes de mim, absolutamente. Nada de mudar meus hábitos. Titia e mamãe perceberam meu temor e correram com os chinelos e, ali, na sala mesmo, tiraram minha roupa e levaram-me ao banheiro. Enquanto elas ensaboavam meu corpo, nós três cantávamos canções de banho e titio regia a orquestra. Estávamos distraídos, como sempre ficamos no banho, e nem notamos a falta do estrangeiro. Também, não sabia cantar nem tocar qualquer instrumento, não fazia falta. Quando saímos do banho, a surpresa foi maior: não o encontramos em canto nenhum da casa. É lógico que não poderíamos ficar de braços cruzados, tínhamos que fazer alguma coisa. Apesar do pavor de titia, resolvi comunicar-me com a polícia. Mandei um dos retratos dele (bendita mania que Albert tem de mandar retratos nas cartas!) pro jornal mais popular, telefonei para as rádios, para os canais de televisão. Lógico que não poderia esconder da polícia e da imprensa as minhas impressões péssimas sobre o estado de saúde mental dele. Hoje, finalmente, o delegado telefonou-me dizendo que encontrou um estrangeiro, inglês, de nome Albert e que gostaria que fôssemos identificá-lo. Disse-me ainda que o tal encontrado se parecia demais com o da fotografia — o que me deixou suspirar mais tranquilo. Afinal, tenho um pouco de culpa deste maluco vir parar aqui no Rio. Como me cansa mexer com a polícia, principalmente sabendo que há queixas de nossos espetáculos lá. Vou deixar o tempo correr. Enquanto isso, aquele louco aprende a fugir de uma família tão hospitaleira como a nossa. Maldito o tempo perdido nesses dez anos de troca de cartas e selos, se continuamos tão estranhos um para o outro. E eu que cheguei a achá-lo o meu melhor amigo, tirando mamãe, titia e titio... Ficava sempre aguardando as cartas e os selos com um carinho especial. Agora, ele me foge, sem explicação...

O plano

Ele recebeu abraços e palavras fáceis dos convidados, pessoas de seu nível social: empresários, jornalistas, médicos, advogados, artistas, tudo gente de destaque social. Convidou apenas doze para a ceia e vieram tantos, todos com suas companheiras e amigos próximos. O anfitrião se perdia no meio daquela gente falante. Bebia mais vinho, esperando acertar o pensamento, acertar as coisas antes de qualquer precipitação. Era um estrangeiro dentro de sua própria casa. Aquela gente toda só queria se divertir e ele já antevia o insucesso de sua exposição. Bobagem continuar insistindo com eles para um minuto de atenção. Tanto sabia da superficialidade daquelas pessoas todas, que vinha adiando o momento de falar de seu plano, o motivo central da ceia. Era o terceiro sábado em que tentava convencê-los a ouvir o que tinha a dizer. Abriu as portas de sua mansão na Rua da Praia com muita ilusão. Estavam convidadas doze pessoas que se destacavam pela inteligência e brilhantismo. Ele precisava de doze seguidores para salvar o mundo. Agora que o plano estava completo, só restavam os companheiros de execução. Os sorrisos mais abertos escondiam maior má vontade em ouvir, em aceitar. Comiam bem, dosavam o vinho, elogiavam as qualidades variadas de queijo, tudo farto e bom. Ele sabia receber finamente, não cansavam de afirmar. O que queria era impossível, todos interessados no que não tinha a menor ligação com o plano. Mas como dizer isto, como expor? Madrugada já, não conseguia desviar a atenção daqueles belos e brilhantes convidados, que continuavam polidamente conversando em grupos e bebendo o vinho, comendo e comendo. Quando partiram, deixaram mil beijinhos no rosto do anfitrião, as mãos quentes de cumprimentos, os ouvidos plenos de elogios. Nenhuma frase que pudesse valer como esperança. Apenas futilidades e interesses. Todos vendilhões, com fala macia, riso fácil, palavras penteadas, tudo diferente do material humano que pensou selecionar. Não pôde falar do plano, ouvir opiniões, encontrar companheiros. Três sábados inúteis, brancos. Melhor desistir, não do plano, tinha certeza de sua validade e importância para o mundo; melhor desistir daquela gente. Melhor tentar outro público. Afinal, o brilho social poderia ajudá-lo na divulgação, mas na execução não faria a menor diferença o tipo de gente.

Quem sabe os carregadores do mercado? Tinham músculos saltados, jeito rústico, fala impura, cérebro meio embotado — foi o que concluiu numa primeira pesquisa. Seria necessário falar e refalar, arrumar motivações e exemplos bem primários, mas eles ouviriam, sem dúvida. Ouviriam e se entregariam de corpo e alma ao plano, tinha certeza, sabia como era essa gente, todos sentimentais quando fanatizavam por uma ideia. Não, não era muito bom que fanatizassem, poderiam desvirtuar tudo. Pelo menos, era uma ideia fascinante e era melhor tentar para ver. Tinha certeza de uma coisa: eles não cortariam sua exposição, quando alguém se aproximasse com outro assunto; não se dividiriam para sobrar um pouco para cada um dos convidados; não estavam preocupados com a força verbal e com o poder em suas várias faces; não haveria beijos e abraços, por certo. Estava resolvido, tentaria...

A mesa farta, vinho, cerveja, até cachaça, como gostavam. Em volta da mesa, homens rústicos, roupa lavada, mas não completamente limpa e passada, jeito tímido de enfrentar copos de cristal e talheres de prata. Cada um dos doze (agora, sim, vieram só os convidados, o número idealizado — já era uma vitória) ia dizendo seu nome, apresentando-se, conforme pedido do anfitrião, que anotava tudo. Não havia grande variedade nos nomes, era melhor pedir os apelidos para evitar classificações reais: João I, II, III, Pedro I, II, III... No começo, estranharam aquela mansão imensa e rica, cheia de criados para tudo, aquele homem bem-vestido, de fala macia e jeito bom. No começo, ele estranhou aquelas caras marcadas, feias, sem qualquer toque estético. Estranhou o cheiro forte de suor daqueles corpos, das bocas, dos sapatos remendados para a festa. A fala apagada deles e a timidez excessiva não permitiam que ele falasse do plano antes de qualquer coisa. Era melhor esperar por uma intimidade maior. Ainda estava abrindo o relacionamento, sondando os companheiros, com muita confiança neles. Mandou servir aperitivos para facilitar. Vendo com que ardor eles se atiravam aos salgadinhos e como namoravam a mesa preparada, viu que era melhor servir logo a ceia. Com a barriga cheia, as ideias entrariam naquelas cabeças com maior facilidade. Era necessário um pouco de teoria e, com todas as atenções voltadas para os salgados e bebidas, não iria conseguir nada. Estava resolvido: comeriam, beberiam e, depois, o plano seria exposto num ambiente de prazer que os pratos gostosos e a bebida de preferência proporcionam. Absurdo, eles comiam como se estivessem há meses sem ver comida. Bebiam como se tomassem copos de água, sem sequer sentir o gosto da comida ou da bebida. As bocas nunca abriam para as palavras, só o barulho agitado do mastigar, dos talheres caindo, de copos e garrafas em movimento. Mãos e rosto carregados de gorduras, pedaços de carne nas mãos, olhos vermelhos já do efeito da bebida. As primeiras vozes começavam a aparecer e com muito destaque, muita altura, entre o intervalo de uma ou outra garfada. Os garçons renovavam os pratos, garrafas e copos, com um dinamismo incrível. Sabiam que o patrão não gostava de ver gente mal servida e aqueles doze comiam mais do que a centena de convidados das outras vezes. Já satisfeitos e bastante tocados pela bebida, começaram brincadeiras infantis que chocavam garçons e anfitrião. Um jogava pedaços de pão no outro que, por sua vez, retribuía e ameaçava com um copo de cerveja se a brincadeira se repetisse. Um jogava pedaços gordurosos dentro do copo do outro e a retribuição era um pedaço de osso pra dentro da gola da camisa. Um falou mal da mãe do vizinho e este logo levantou, com a garrafa na mão, disposto a quebrá-la na cabeça do ofensor. Logo, todos estavam levantados, gritando, discutindo, tomando partido, acertando as coisas. Com as línguas soltas, só não ouviam as súplicas do dono da casa, que já sentia a impossibilidade de expor os planos. Quando começaram as piadas, os risos soltos, a batucada na mesa, o bate-bate-talheres, a intimidade exigente com os da casa, a cantoria solta, o anfitrião convocou os garçons, pediu a eles que comunicassem o final da festa e retirou-se da sala de jantar. Ós e ás foram ouvidos a distância e só algumas horas depois saíam os três últimos convidados. Nenhum beijo, nem abraço, nem agradecimentos, nem despedida, só risos e vozes altas. Saíam caindo daqui e dali, quebrando coisas, pisando nas flores, vomitando nos corredores ou sobre tapetes e poltronas. Quando só restavam os criados e o dono da casa, este se fechou em seu quarto e sofreu bem menos que das vezes anteriores: ficou a recompensa de algum riso irônico, provocado pela lembrança da patética ceia.

Preparou tudo com alegria, daquela vez daria certo, tinha certeza. Os convidados seriam jovens universitários, com abertura para as novas ideias, com capacidade física e mental para lutar pelo que acreditavam. Foram chegando em horários diferentes do combinado. Cabeleiras e barbas longas, algumas bem cuidadas, outras dando a impressão de falta de banho. Calças justas até nos joelhos e muito largas nas bocas, camisas de cores berrantes, colares, anéis, muitos enfeites, tudo dando vida e cromatismo ao ambiente. Como aconteceu com os primeiros doze convidados, multiplicaram o número deles, o que já atrapalhava o plano inicial. Mas o número não haveria de modificar muito o plano. Já na entrada, começaram a distribuição de beijinhos e abraços. Convidou-os para um aperitivo na sala de visitas. Logo que apanharam os copos e pratinhos de salgados, saíram para os jardins ou para os cantos da casa, sempre em dupla. Em pouco tempo, o anfitrião estava sentado ao lado de dois rapazes, diferentes dos outros, engravatados e de ternos, cabelos curtos, mais polidos que os outros. Conversava com eles e ia se decepcionando: tinham mais preconceitos e coisas caducas na cabeça que os de sua geração — coisa que achava impossível e inacreditável na juventude. Os garçons se repartiam pelos diversos pontos onde estavam os convidados. O jardineiro apareceu, assustado com o barulho de vozes e quase morreu de dor ao ver os casais deitados na grama, beijando-se, em carícias íntimas, esquecidos dos outros. Não que achasse feio o amor, mas logo ali, na sua querida grama! Há mais de uma hora que os garçons tentavam servir a ceia, chamavam, pediam para cada um tomar seu lugar à mesa, que a comida estava esfriando, que o patrão reclamava, mas ninguém os atendia. Os dois moços polidos e o anfitrião esperavam à mesa. A notícia da festa se espalhara e, a cada minuto, novos casais chegavam. Alguns sugeriam que o melhor era cada um apanhar seu prato e servir-se, sentando onde achasse mais confortável. O anfitrião não gostou da ideia, mas não demonstrou.

As etiquetas eram coisas supérfluas, o que interessava mesmo era o plano. Imediatamente, uma mocinha disse que estava faminta, pegou prato e talheres e começou a se servir. Os outros seguiram o exemplo dela e as escadas ficaram cheias. O anfitrião sugeria que era bem mais prático sentarem-se à mesa, mas eles mal ouviam. Se sentassem todos juntos, seria interessante, pois ele precisava falar com todos. Os dois rapazes polidos eram os únicos atentos. No ar, havia um cheiro diferente. Os dois rapazes polidos disseram ao anfitrião que já tinha gente atrapalhando a festa, um absurdo, eles sempre faziam assim, sempre com as malditas ervas, a juventude estava mesmo corrompida, uma autodestruição louca e sem sentido, ainda bem que eles dois faziam parte de movimentos religiosos de proteção à família e à honra. Ele não concordava com os dois, mas não havia sequer uma oportunidade de fazer uma análise mais profunda, como os dois estavam querendo ao expor suas teses sobre o comportamento da nova geração. Comida farta, muita bebida, cada um em seu canto, cinco pessoas à mesa: o anfitrião, os dois rapazes e um casal desligado dos outros todos. Logo, surge um barulho de uma moto muito possante e um só grito de admiração saiu de muitas vozes alegres e todos os rostos se iluminavam de alegria. Aos gritos dos presentes e mãos atirando beijinhos pelos ares, surgem dois rapazes bonitos, altos, cabelos na cintura, roupas femininas e sensuais, requebros, risos e piscadelas saindo das bocas e olhos pintados. Com eles, um violão. Agora, sim, iria começar a festa, falou uma das meninas. Agora, sim, iriam emporcalhar a festa, falaram os dois rapazes polidos. Imediatamente, correram com bebidas e pratos feitos para os dois ídolos. Beberam, comeram, limparam as mãos, foram ao espelho, retocaram a pintura e começaram a atender os pedidos musicais. Um dos rapazes tocava o violão, os dois dançavam, requebravam, uivavam, davam saltos e requebros e cantavam, acompanhados por um coro afinadíssimo. Ombros e quadris se movimentavam, logo eram as nádegas, pra lá e pra cá, depois da cintura pra cima, depois da cintura pra baixo, no rosto muita excitação feminina. O anfitrião ria e chegou a cantar o estribilho, para escândalo maior dos dois rapazes polidos que diziam que eram o fim do mundo aqueles dois, até planejavam casar-se na Inglaterra. Afinal, eram realmente dois grandes dançarinos e cantores, que sexo tinham não era de sua conta. O plano não tinha nenhuma preocupação moral, então... Podiam dançar, cantar, fumar maconha, tomar bolinhas, amar pelos jardins, sentar na mesa, nada merecia crítica dele. Só queria que participassem da execução do plano. Poderiam fazer o que quisessem, contanto que lhe dessem um tempo para expor o que tinha estruturado e que, tinha certeza, seria uma solução para a humanidade. Eram soltos, alegres, sem preconceitos, simpáticos, bonitos, sabia que tudo sairia bem. Uma mocinha perguntou se ele não curtia um som em casa. Não entendeu bem, no início; depois, convidou todos para outra sala. Olharam os aparelhos com admiração: "um rico som!" Olharam os discos com desprezo: Chopin! Bach! Wagner! Mozart! pelo amor de Deus!... Alguém se ofereceu para apanhar discos e fitas em casa, morava perto. Todos concordaram. Logo, as moças tentavam limpar o espaço, retirando poltronas, mesinhas, enfeites. Aos primeiros sons da música pop, a moçada estava toda reunida na sala e dançava. Precisava daquela união, todo mundo comungando o plano, mas eles só queriam música e movimentação dos corpos separados. Ia adiando, já temeroso de não dar tempo para a parte séria da festa. Estava cansado da companhia dos dois rapazes polidos e, conformado e alegre, resolveu dançar também. Não tinha muito jeito para requebros. Só sabia dançar a dois, como no passado. Mas os outros estavam desligados de outras coisas que não fossem seus próprios corpos e assim dançou também, olhando e tentando imitá-los. Impulsionava seu corpo pra lá e pra cá, com uma inveja danada: perdeu seu tempo de dançar, de amar, de divertir. Perdeu a mocidade, dedicando-se ao plano. Uma loucura estragar a vida assim. Já estava amanhecendo, quando o som cessou. Estava tão embriagado de juventude que não disse nada do plano. Eles partiram e deixaram o cheiro forte e diferente de erva queimada, uma inveja muito grande, uma vontade de fazer o tempo voltar. O plano continuaria inédito. Precisava viver um pouco, enquanto era tempo. Quem sabe em outra ceia, quem sabe?...

Preparou os jardins como se fossem um parque infantil. Colocou roda-gigante, escorregadores, muitos balões, bolas, petecas, bonecas, bolos, doces, balas, refrigerantes, sorvetes. As crianças entenderiam o plano, guardariam na memória e, anos mais tarde, colocariam tudo em prática. As crianças sempre guardam as lições, mesmo as mais difíceis. Afinal, o plano tinha o seu aspecto lúdico e ele nunca descuidou do menino que morava dentro dele. Mas era preciso convocar os mais inteligentes para que seguissem o seu raciocínio sem esquecer os detalhes, importantes os detalhes. Era preciso desenhos, motivações, fundo musical, não se esqueceu de nada. Tinha influência nas escolas mais pobres, ajudava sempre as Caixas Escolares, era só falar na festa, falar do tipo de criança que esperava receber, nem precisava de muitos detalhes. As professoras colaboraram e os alunos de melhor padrão intelectual foram convidados. Ele vibrava, talvez pelo reencontro com sua infância, talvez pela paternidade frustrada, sem talvez, pela possibilidade de plantar suas ideias em campo novo e fértil. Na entrada, já notou que as professoras andaram quebrando parte do relacionamento. As crianças entravam de maneira estudada, chamavam-no mecanicamente de tio, apertavam-lhe as mãos, davam-lhe beijinhos no rosto, perguntavam como estava passando. Não era o que esperava delas. Com tantas atrações programadas, as crianças foram sentindo-se como numa festa só delas. A presença daquele homem de poucas rugas e alguns cabelos brancos não as atrapalhava. Elas corriam, dançavam, cantavam, misturavam-se com os brinquedos, brigavam por eles, logo desprezavam alguns, trocando-os por outros. Vez por outra, ele recebia abraços e beijos, mas agora sem o automatismo anterior. Sentia-se feliz e triste: elas estavam vivendo e ele já temia a morte, a infância estava distante. Quis dançar junto, puxar a roda, dançar com o palhaço Titica, tão pequeno quanto os meninos, apesar de velho como ele, quando retirava a pintura do rosto. Titica era a grande atração entre tantas outras que trouxe do Gran Circo Mexicano para a sua casa. As crianças vibravam também com o ilusionista, transformando lenços em pombas, em ovos, em peixes. Os malabaristas dançavam na corda bamba, onde, antes, apresentou-se a linda menina da sombrinha colorida. Era uma felicidade viver a alegria deles, ser responsável por ela. Chegou até a se esquecer do plano, chegou até a cantar: "ciranda, cirandinha, vamos todos cirandar, vamos dar a meia-volta, volta e meia vamos dar". Era uma felicidade triste, pois começava a sentir-se inútil, gastara a mocidade toda, matara a infância, tudo por um plano sem seguidores. Perdera a oportunidade de amar, ser feliz com uma mulher, ter um lar, filhos. Gostava tanto de crianças, ter filhos, muitos filhos, para encher aquela casa imensa. Sempre sonhando com uma mulher, com filhos, e adiando tudo, esperando a concretização do plano, sempre fanático, almoçando, jantando e dormindo com a mesma ideia fixa. Antes, andava com os sobrinhos pelos parques e circos dos bairros. E era feliz, adiava a paternidade. Depois, veio a maldita herança, muito dinheiro, outros amigos, casos amorosos passageiros, horas ociosas e a certeza da realização do plano crescendo na cabeça, crescendo muito, até tomar todas as horas, até desaparecerem as pessoas, a fome, o sono. O palhaço não podia parar, a criançada exigia mais um número. Tudo saía como estava programado. A mulher dos bonecos se apresentava, mas ainda pensavam no palhaço. Os sorvetes foram servidos, os doces também. Era hora de expor o plano, hora dos adultos saírem e de ficar só com as crianças. Mas estava tão triste que resolveu mudar a ordem das coisas: o Papai Noel entregaria os presentes e ele encerraria a festa, agradecendo as presenças e explicando tudo. Seria claro e sintético para que compreendessem tudo sem cansaços. E vibrava com a algazarra, com a cantoria daquele Natal fora de época. Tanto gritavam escolhendo o presente, como pulavam no Papai Noel, cantando e rindo. Papai Noel cantava e exigia coro, obedeciam e o ar se enchia de vozes alegres. Tinha a certeza que, muitos anos depois, aquelas alminhas se lembrariam daquela tarde, dele. Não seria isto o bastante? Abriam os presentes e iam mostrando umas para as outras. Alguns mais egoístas tentavam tomar os brinquedos dos menores, outros queriam trocar, achando os dos outros mais bonitos. Logo, Papai Noel entregou o último brinquedo e uma fada apareceu, distribuindo pacotinhos de doces pra levarem para os irmãozinhos. Ele acompanhava a euforia da garotada e já programava na cabeça outras festas iguais, a mais linda que já presenciou. Quando tentou falar, notou que estava chorando e a voz não saía. Mandou chamar o palhaço, a fada, o Papai Noel, os malabaristas, o ilusionista, a menina da sombrinha colorida, os criados todos. Deram as mãos e cantaram uma bonita cantiga de roda que ficou com ele até nos seus últimos dias de vida. Quando viu a casa vazia, os empregados limpando tudo, teve vontade de pedir que deixassem como estava, assim as crianças ficariam nos restos da festa, como a presença mais tocável. Pensou no plano com raiva, sabia que não adiantava destruir os papéis, tudo continuaria vivo e inteiro dentro dele. Se fosse pelo menos um brinquedo, como sua família imaginava...

Ele tentou mais uma ceia, com doze figuras de destaque nas três armas. Os militares não compareceram, pedindo que marcasse para outra data mais propícia, estavam sem tempo no momento.

Tentou, por várias noites, convencer as prostitutas do Cabaré La Ronde. Há quem afirme que até fechou a casa, pagou as prostitutas para ouvirem o plano dias e dias. Com o tempo, apesar do dinheiro, elas se cansaram de ficar sentadas, sem homens, com pouco cigarro, pouca bebida e muitas palavras complicadas.

Várias vezes, foi advertido pelo seu comportamento estranho, aquela mania de querer reunião de sindicatos sem definir bem a intenção...

Foi preso pela primeira vez quando tentou paralisar o desfile de Escolas de Samba para explicar a todos o que deviam fazer depois do samba, na Quarta-Feira de Cinzas.

Cansado e desiludido, resolveu fazer doação da herança a uma irmandade religiosa, desde que o aceitassem como um dos membros. Tinha certeza que ali, entre pessoas inteligentes e bem-intencionadas, encontraria o ambiente adequado. Com o tempo, viu que eles só tinham olhos para o céu. Saiu sem dinheiro e sem ilusões.

Invadiu uma emissora de tevê, a mais famosa do país, de armas em punho, exigindo uma entrevista por duas horas, tempo suficiente para expor um plano que salvaria o mundo. Acenderam os refletores, as máquinas filmaram algumas cenas, sem gravar nenhuma frase. Enquanto lia um enorme manuscrito, conseguiram pegar a arma e prendê-lo. Na prisão, decidiram pela única coisa lógica, segundo um Juiz: o manicômio. Força policial nenhuma conseguia arrancar de suas mãos os manuscritos, até que desistiram, era mais uma mania, que ficasse com ele a papelada.

Tempos depois, chegou um estudante americano, especialmente enviado por uma Fundação Cultural para estudar o plano que conheciam apenas por um esboço enviado pelo autor ao Catedrático em Ciências Sociais mais famoso dos *States*. Seria uma tese original a sugerida pelo mestre, um tanto inacreditável, meio tropicalista, mas original, estranhamente original, não restava a menor dúvida. Se fosse feliz, a tese poderia significar-lhe uma cadeira na Universidade, título de Doutor, dinheiro e muita fama. O negócio era dar tudo na pesquisa. O que ficou sabendo, cientificamente comprovado, foi o que lhe dissera o médico-chefe do manicômio: o personagem, logo depois de preso pelo caso com a tevê, foi tratado como elemento perigoso. Com o tempo e boa conduta, deixaram-no andar livre pelo pátio, com outros menos loucos como ele. A única mania era a leitura dos manuscritos, até que não era ruim, parecia gente fina, de princípios. Contudo, seus discursos diários acabaram enfurecendo os quase curados, que deram um fim na vida dele e dos manuscritos. O médico contava tudo com frieza científica, até soltando gargalhadas. O estrangeiro ouvia com revolta, certo de que a humanidade perdera, naquele hospital imundo, o maior gênio de nossos tempos: o homem que tinha o plano que acertaria a humanidade. E ele, um futuro Doutor em seu país, só tinha algumas notas de um diário, compradas a peso de dólares de antigos criados da mansão e dos religiosos, algumas informações vagas de elementos do soçaite que frequentaram as três ceias na mansão da Rua da Praia e que diziam bem da bebida, da mesa farta, mas nem sequer se lembravam dos traços fisionômicos do anfitrião. Andou colecionando notas sociais, com comentários das três ceias e dos escândalos das festas posteriores, muito mau gosto, gente de todo tipo, segundo os cronistas. Procurou falar com os carregadores do mercado, as lembranças se resumiam à farra que fizeram. As prostitutas diziam que era uma fala tão complicada a daquele cara que nem dava pra entender. O rapaz procurou localizar os artistas do Gran Circo Mexicano, mas só falaram bobagens. O palhaço Titica até sugeriu que ele fosse conversar com as crianças. Depois de uma sugestão tão cretina, resolveu jogar as anotações e os sonhos da tese no lixo e partiu. Ninguém mais tocou no assunto. A humanidade continuou seu caminho, sem aquele louco que achou que era preciso mudar o que já estava tão perfeito!...

Tempo de goiabas

Hermínia, é tempo de goiabas e não sei se você também percebe este cheiro gostoso, cheiro de infância, saindo de nossos corpos. Os *slogans* de promoção comercial e as notícias de guerra já não atrapalham mais meu sono. Não quero ter mais nada do que é supérfluo e o anúncio do carro-último-tipo passa pelos meus olhos sem me entrar pelo corpo. As armas bélicas são poderosas demais e fazem muito barulho e o meu grito não chega até a esquina. Há muito que venho notando as coisas naturais e puras saindo de dentro da gente. Os aromas mais puros exalam de nossos hálitos e são de frutos naturais. Vou separando o gosto de cada fruta em seu beijo. Ontem predominava o pêssego, hoje é tempo de goiaba. Em seu corpo vou descobrindo as flores que serão frutos e é mágico esperar por eles, com a mesma paciência que esperamos esta total depuração. No tempo em que o desespero unia-se aos rápidos momentos medrosos de um corpo no outro, mal podíamos distinguir as mensagens de amor no instante de gozo. Nasceram flores, viraram frutos e a gente não conseguia sentir a finalidade de transformações tão importantes. Fomos saindo de dentro de nós, através de viagens contínuas e minuciosas, à procura de uma razão para as coisas. Somos muito antigos. Em outros séculos vivemos da mesma maneira, sem poder distinguir mais que o visível: eu, o macho — você, a fêmea. Macho e fêmea, sem maiores explicações ou buscas. E muita coisa se esgotou porque não havia muita novidade depois de algumas noites juntos. Um dia explodiram duas rosas de seus seios e compreendi que estava próximo o meu poder de desvendar mistérios. Você observava meu corpo detalhadamente, muito calada, como se tivesse medo de dizer alguma coisa muito grave e suas descobertas se perdessem no vazio das palavras. Ficamos calados, vendo o tempo fluir-se, sempre deixando uma marca nova para ser decifrada. Os séculos aperfeiçoaram nossos sentidos e não sei delimitar onde termina ou começa o meu corpo e o seu, de tão interligados. Não sabemos distinguir mais nem o tempo nem o espaço anteriores às nossas descobertas. Fomos cultivando o lado bom de cada um, sem esquecer de expor as patas e unhas das feras que dormiam na gente. As feras morreram impotentes e uma pureza sem conta tomou conta de nós dois. As tias solteironas estão seguindo novelas na televisão, elas nos olham com pena e raiva. Somos alguma coisa que elas não entendem, porque amor, para elas, já tem formas definidas das aventuras dos heróis e heroínas da tevê. Elas não percebem que são móveis caducos e os olhares de maldade que soltam não chegarão nunca aos nossos olhos. Não tenho sentimento nenhum por elas. São marcações remotas de raízes que atrapalhavam nossos corpos de atingir a plenitude desejada. Já não quero pensar nelas, em nada. É bom ficar extasiado, assim, com o cheiro de goiaba chegando forte cada vez que o vento sopra. É bom ficar assim, sentindo a vida no corpo, com todas as raízes e ramificações, flores e frutos.

Incrível o meu reino

Primeiro, recebeu o aviso, quase intimação, vinda de todos os lados. Vozes furavam a lona, entravam pelo circo todo, agudas e graves, multiplicadas em repetidos ecos. Só ele lá, muito só. O corpo estremeceu, num misto de dor e alegria inquieta, estranha. Não havia tempo pra mais nada, nem pra avisar Rosa ou beijar o rosto moreno e gordo de Luisinha.

Me disseram que viesse, a cidade me esperava, fantasiada de azul. Preparei vestes longas, muito longas e muito azuis. O rei cairia do poder a qualquer hora. Eu não poderia esperar sem tomar uma atitude. Não tinha direito de ficar com os pés presos ao circo, à esposa, à filhinha. Venha de qualquer maneira, venha logo, é uma ordem, apanhe um manto azul e venha. Vim e me olham, me olham, perplexos, como se olha uma tempestade muito forte ou uma manhã suave, nem sei comparar. Só sei que apenas eu estou de manto azul, sou um animal diferente, raro, e tenho muito medo.

— É ele, José, só pode ser ele. Eu sabia que um dia ele viria de azul e traria esperanças, eu sabia.

— Não há mais esperança nenhuma, somos malditos, Maria.

— Você não crê, mas eu creio e muito. Eu o vi em sonho, muito magro, barbas longas, manto azul, azul no corpo, nos olhos, assim como o vejo. Segure minha mão e veja como estou tremendo e suando, tudo porque eu creio!...

— Você sonha ou está louca, mulher? Já nos proibiram de sonhar, tenho medo de dizer... prefiro aceitar o que vejo como uma ilusão de ótica, sonho ou pesadelo.

— Pelos nossos filhos, não tenha medo, tenha fé, eu tenho e posso reparti-la.

— É sua fé mesmo que me deixa mais assustado. Não penso em nós, penso é neles, nossos filhos sozinhos, desamparados.

— Bobagem, agora não tenho mais medo. Ninguém ficará sozinho mais, ninguém será preso, o sonho é livre. Ele chegou, as coisas mudarão, tudo como vi no sonho. Você vai ver. Me acompanhe, vamos, José, vamos.

Estranhamente me olham e isso me assusta mais. Por que todos esses olhos, meu Deus? O que fiz? Agora me prendem e o que será de Rosa e Luisinha? Não fiz nada, nada sou. Talvez estejam encantados pelo azul de minha roupa, de meus cabelos longos. Talvez seja a cruz em meu pescoço. Ela não era assim brilhante, enorme, tenho certeza. Está muitas vezes maior e não percebi o instante da mudança. Me falaram numa festa, na morte do rei. Não vejo festa, só vejo nos rostos máscaras esquisitas, incrédulas ou piedosas demais. Tudo é estranho, mas aos poucos não vou me sentindo ameaçado mais. Não consigo distinguir um só conhecido no meio de tantos rostos, mas não os acho estranhos como antes. Acho que gostam de mim, querem se aproximar e não conseguem, estão presos ao chão. O trânsito está se desviando da praça, há buzinas tocando aleluias, muita gente, muita. Eu, o homem que enfrenta perigos desde criança, estou muito assustado com tanta gente e todos me olhando. Nem sei onde deixei a coragem que me ajuda todas as noites. Choro e coisa estranha... muito estranha, as lágrimas saem azuis, muito azuis. Passo as mãos nos olhos e elas voltam molhadas de um líquido azul, olho para o meu corpo, estou molhado de suor azul e brilhante. O povo quer tocar no meu corpo, sentir o azul, e se aproxima mais. Por que me inventaram essa festa, por quê? Por que tenho que estar no centro, molhado de azul? Se Rosa estivesse comigo, se Luisinha estivesse, eu não teria medo de toda essa multidão que me olha, com muito temor e carinho me olha. Precisava tanto de Rosa, de Luisinha, das mãos das duas, é Rosa quem me sustenta no trapézio, precisava...

Dos bairros mais distantes vêm táxis, ônibus, lotações. A Praça da Liberdade está cheia. Camelôs anunciam retratos coloridos. Até nos retratos o azul está mais forte, dói nas vistas. Todos querem tocar no corpo do Homem Azul. A cidade inteira acredita que ele veio dos céus e tem uma missão. O rei pediu ao chefe de segurança que observasse sem violência, seria mais uma distração e o povo andava muito sisudo, precisando de alegria. A polícia tenta pôr ordem, pede silêncio, mas não ousa afastar o Homem Azul dali. Pelos olhos deles, dá para ver que também estão enfeitiçados...

Senhoras e senhores, é sensacional a imagem que apresentamos para vocês, através das cores de nosso canal de tevê. Há uma verdadeira multidão, uma massa humana comprimida nessa imensa, mas agora pequena Praça da Liberdade. É SEN-SA-CIO-NAL, caros telespectadores. Temos certeza que vocês nunca viram um azul tão intenso, nem temos palavras para descrevê-lo. Infelizmente, o Homem Azul não respondeu a nenhuma de nossas perguntas. Não sabemos sequer se ele fala qualquer idioma, se é terreno ou não. Só podemos mostrar-lhes a imagem dele, assim de longe. Mas temos certeza de que vocês estão sentindo esse estranho olhar, perdido na multidão, como se meditasse. Temos certeza de que estão sentindo a luminosidade azulada do corpo do homem de barbas longas e muito magro. Continuem acompanhando nossas transmissões. O seu Canal Cem mostrará todas as novidades, com a certeza de que está levando informação e tranquilidade a todos os lares do país — num gentil patrocínio do Banco Real, que controla o dinheiro e o interesse do povo.

— Vamos embora, Maria. Não demorará muito e todos perderão a cabeça e seremos massacrados no meio de tanta gente. Não sei como a polícia já não espancou todo mundo.

— Não vou, preciso chegar até ele, tocar nas vestes dele.

— Você acredita mesmo?

— Tenho certeza! Só lamento você duvidar de mim e dele.

— Eu já não acredito em ninguém, em nada, você sabe.

Preparam uma cama no alto do coreto, cercada de flores. O Homem Azul está muito cansado e pede para ir embora, quer descansar. Imediatamente, uma firma comercial traz cama e colchão. Os policiais tentam convencê-lo a deitar-se, eles garantirão o descanso. O Homem Azul caminha e a multidão pede que ele fique. Os policiais tentam convencer o povo de que é preciso silêncio, calma. Ele vai descansar um pouco, apenas. O Homem Azul ameaça desmaiar. Dois policiais sustentam o corpo magro de pé, depois puxam o corpo meio desfalecido até a cama. Olham para as mãos, molhadas de líquido azul, com tanta fé, que todos querem molhar-se também.

Estou tremendo, a cabeça gira, gira, sinto arrepios, tenho frio, ouço passos da morte, ela vem, os passos estão mais fortes, são muitas mãos puxando meu corpo, muitos passos, muitas mãos, muita gente, não é morte, são olhos presos em mim, se aproximam, tocam meu corpo, não sinto dores, vejo amor nos olhos deles, mãos tocam meu corpo, me recupero, sinto até um certo alívio...

Senhoras e senhores, uma verdadeira histeria coletiva. Como podem ver, através das cores do seu Canal Cem, num patrocínio do Banco Real, todos se aproximam do Homem Azul, com respeito, entoando cantos sacros. Choram, passam as mãos no corpo dele, fazem o sinal da cruz, beijam-lhe os pés. Vão saindo uns e chegando outros, repetindo os mesmos atos. Observem os rostos e as mãos dos que tocam Nele: estão azuis, um fato realmente inexplicável. Aliás, logo mais, em nossas próximas apresentações, levaremos ao ar sensacional entrevista, quando falarão os que tocaram no Homem Azul. Também vamos apresentar, em nossa edição noturna, uma mesa-redonda com a participação de altos representantes das várias religiões, psicólogos e parapsicólogos, para que os telespectadores possam compreender fenômenos como esse. Não tenham receio de acompanhar nossas transmissões, pois, como emissora oficial e única do reino, temos autorização de levar aos telespectadores o que eles têm vontade de ver e ouvir. Infelizmente, o Homem

Azul permanece calado, mas tudo faremos para ele enviar uma mensagem ao povo. Aguardem confiando no seu Banco Real.

Vozes de camelôs se misturam com as dos jornaleiros e as dos crentes. Uns anunciam jornais em manchetes gritadas, outros querem vender retratos e pequenas lembranças, outros entoam rezas. Maria puxa o marido pela mão, fura a multidão e consegue chegar até o Homem Azul. Toca o corpo dele, passa as mãos azuladas pelo rosto dela e do marido, chora, ri, grita:

— Venham todos, mas venham com respeito. É o Salvador, o Enviado para nos salvar. Ele nos salvará, tem o líquido azul que cura, podemos sonhar, é a paz. Tudo vai melhorar, eu tinha certeza de que Ele viria. Ele veio, está conosco, todos devem tocar no corpo Dele, principalmente os defeituosos e os descrentes. Tenham fé e venham, com muito respeito venham, primeiro os cegos, aleijados e os doentes, depois os descrentes.

O que estará acontecendo, meu Deus, não consigo entender o discurso dessa mulher. Não sei explicar tantas mãos em meu corpo, mãos deformadas, rostos deformados, olhos deformados, gente doente, como se saíssem de uma guerra, todos em minha frente, tocando no meu corpo...

Incrível, realmente inacreditável, senhoras e senhores! Vocês estão vendo, o mundo inteiro está vendo, através de nossos serviços de retransmissão via satélite. Cegos tocam no Homem Azul, passam o líquido dele nos olhos e saem andando em prantos, vendo de novo o mundo. O leito improvisado está cheio de flores, atiradas por aleijados que abandonam suas muletas ou cadeiras de rodas. O povo canta, chora, ri. Feridas cicatrizam. Não fosse a nossa imagem mostrando tudo a cores, vocês ainda poderiam duvidar, achar que era sensacionalismo nosso. Vamos deixar de palavras, que já nem temos mais. Vamos mostrar mais fatos. Também nós queremos tocar no azul. Depois transmitiremos as nossas impressões aos caros telespectadores — sempre num patrocínio do Banco Real. Me desculpem, não consigo sequer fazer o comercial.

— Quantas flores, rosas especialmente. Como pode ser verdade, tantas muletas! Se a gente não tivesse vendo, como ele disse, não iríamos acreditar mesmo.

— De fato, é inacreditável! Não será um truque? Espera aí, que será que aconteceu? ...

— Mas não é possível. O televisor é novo e bom, da melhor marca, não é possível!...

— Tiraram o programa do ar, no mínimo!

— É sempre assim: quando interessa pra gente, cortam.

— Vamos pra praça também?

— Você está doido, não viu o tipo de gente que estava lá? Operários, mulheres com caras de domésticas ou prostitutas, e nós vamos nos misturar com essa gentalha. O melhor é ligar para a direção da tevê e protestar.

— Adiantará muito. Eles nem perderão tempo em atender! Vou pra praça sim. Você é mulher, tem razões de preconceitos, eu não.

— Não me misturo mesmo...

Aleijados andam, a moça muda sobe no caminhão e faz um discurso agradecido. Bem longe, avisto e quero abençoar com o meu azul uma menina de muletas, mas a multidão atrapalha os passos dela. Os olhos da menina de muletas são lindos, parecem com os olhos da boneca de Luisinha. Que vontade de ver minha filha, ver Rosa, voltar pra casa. Seria bom segurar a menina nos braços, depois mandar que ela ande, vê-la brincar como qualquer outra criança de sua idade. Mas a multidão está cega, só eu a vejo daqui de cima, quero pedir ajuda e não posso, a voz não sai. Seria bom falar com ela, segurar-lhe as mãozinhas nas minhas, como costumo fazer quando quero que Luisinha mude os passos. Quero e não posso. Cada vez aumenta o número de pessoas doentes, as lágrimas escorrem de meus olhos, as pessoas cantam, já não cabe mais gente na praça e não há mais carros nem ônibus chegando, a multidão vem a pé, de todas as esquinas, já não tenho tanto medo, estou fazendo algo de bom, só tenho muitas saudades de Rosa e, mais ainda, de Luisinha. Todos querem tocar no meu azul, levantam-se belos, felizes, curados de suas dores físicas e interiores, puros. Beijam-se, abraçam-se e saem cantando. Não entendo nada, estou calmo, apenas penso na menina de muletas que tenta chegar a mim, penso nela, em Luisinha, em Rosa.

— Temos ordens de desocupar a praça, voltem todos para suas casas, são ordens do Rei. Ai daqueles que desobedecerem, retirem-se todos, todos.

O alto-falante anunciava, ninguém atendia. A polícia estava dividida entre a ordem de afastar o povo de qualquer jeito, mesmo com violência, e a certeza de que o Homem Azul melhoraria a vida de todos, inclusive a deles. Os soldados conversavam, apontavam os exemplos de curas em familiares deles. Havia até um colega, antes aleijado, que agora andava. Ameaçavam e recuavam, estavam representando coragem e tinham medo.

Agora o que querem de mim, meu Deus? Estão levantando a cama, quase alcançam os fios elétricos. Hinos sacros se misturam com os patrióticos, cheios de fé e de civismo. Bandeiras são levantadas, retratos do Rei rasgados, como confetes, dançam no ar. Querem me agradar, mas o medo volta, medo demais. Não sou ninguém, nenhum Salvador, sou apenas Juán García, trapezista do Gran Circo Mexicano. Não tenho fé e nem sou político. Apenas sou um trabalhador comum, que tem uma mulher bonita e uma filhinha. Se Luisinha e Rosa estivessem aqui, haveria mais coragem. Tenho a sensação de que vou cair do trapézio e acabo derrubando Rosa e Luisinha. Vamos cair os três, morreremos os três, quero que deixem Luisinha viver. Rosa é tão moça, pode arrumar outro, sou o único culpado, não devia ter ouvido as vozes que invadiram o circo...

Os jornais não anunciam mais nada, as televisões continuam inutilmente ligadas, nenhum camelô vende fotografias. Mais fácil que controlar o povo, é controlar o sensacionalismo — foi o primeiro pensamento do Rei. Uma cidade, mesmo sendo a sede da corte, não significa muito. O pior seria espalhar a notícia pelo país todo, pelo mundo todo. O Ministro do Turismo teve a infeliz ideia de achar que a notícia traria turistas, dinheiro, muito dinheiro. Mas todos os ministros e conselheiros concordaram que era um golpe sujo, próprio de um país subdesenvolvido, nunca de uma potência mundial.

Já me carregam há mais de duas horas, logo o sol nascerá e não sei o que vai ser de mim, de Rosa, de Luisinha. Tomara que o azul desapareça, que os cantos cessem. Não, os cantos não, eles me ajudam, diminuem meu medo. Olhando para baixo, vejo que se abraçam, que se beijam e há muito sorriso bom, isso me ajuda muito, diminui meu medo.

A multidão chega com o Homem Azul, às escadarias do Palácio Real. O Palácio está vazio, não há mais Rei, nem Rainha, nem Príncipes ou Princesas. Os guardas sem nenhuma reação, até abrem portas, tiram móveis do caminho, fazem continências respeitosas. Descem a cama, levantam o Homem Azul, colocam-no sentado no trono. Alguém falou em coroá-lo, mas

Maria, que primeiro acreditou, impediu-os. Era uma época nova, sem coroas ou Reis, dizia ela.

Não sei dizer nada, estou neste trono de veludo, tenho adoradores aos meus pés, mas não vejo a menina de muletas, não vejo Luisinha, não vejo Rosa, estou muito sozinho, o salão está cada vez mais cheio. Daqui vejo toda a cidade, a multidão lá fora, carros, tanques, soldados, bandeiras brancas, palmas e vivas e cantos. Vários moços insistem em entrevistar-me, com lápis e papel, gravadores ou câmeras de televisão. Não bastam as luzes, os locutores perguntam, querem que eu fale, eu nunca soube falar. Se Rosa estivesse aqui, falaria por mim; ela fala bonito, sabe agradecer as palmas, quando o número de trapézio é mais difícil, eu não. Locutores berram e o povo reclama silêncio. Pedaços azuis de minhas roupas são vendidos a preços exagerados, dizem os locutores, e isso me revolta. A menina de muletas surge nos braços de um policial. Do trono, sinto que os olhos dela estão cansados e já não são como os da boneca de Luisinha. Resolvo falar, peço silêncio, reclamo contra a venda de minhas vestes, amaldiçoo os vendilhões e os repórteres sensacionalistas. Peço a todos que voltem para suas casas, para a vida de todos os dias. Quero a sala vazia, as ruas vazias, a paz dentro dos lares. Apenas quero que fique a menina de muletas. Ergo as mãos e o azul salta delas e cai na cabeça de todos.

Com o líquido azul nas cabeças, a alma aliviada, os olhos cheios de paz, vão desocupando o Palácio. Os vendilhões continuam oferecendo pedaços azuis da roupa do novo Rei. Mas o azul não é o mesmo, desbota nas mãos deles e torna-se mais intenso nos cabelos e nas roupas dos que acreditam.

Só, eu e a menina de muletas, agora sim. Quero que ela ande, vou ensinar-lhe diversas cantigas de infância, que aprendi nesse mundo todo. Cantigas que fazem Luisinha sorrir. Depois, devagarinho, devagarinho, procuro roupas comuns. Tomaremos um táxi, vamos para o circo, minha casa. Rosa, a menina de muletas e eu faremos o maior número de trapézio que alguém já fez. Quando Luisinha crescer, seremos quatro trapezistas. Mas não posso perder tempo, eles podem voltar e não teremos oportunidade de sair. Logo à noite, haverá espetáculo. Rosa e eu somos o número principal e não sou eu quem vai faltar.

Amor/Amor

Era o mesmo homem, apesar do sangue nas mãos e nas roupas. Nem mais alegre nem mais triste. Voltou para a sala, ligou a eletrola, mais uma pedra de gelo, uma boa dose de uísque. O sangue sujava as pontas dos discos e os botões da eletrola. Dava um colorido estranho o vermelho diluído pelo gelo, branco e vermelho, vermelho branqueando, branco vermelhando. O amarelo do uísque, mais vermelho. Pedra branca boiando, cheia de marcas vermelhas, cores da libertação. Tinha mil motivos para rir, mas o riso só veio mesmo naquela hora decisiva, junto com o medo nos olhos dela. Riso carregado de alívio, de uma estranha potência que garantia que ele era capaz de resolver todo o plano. Riso que veio e ficou até se misturar com o sangue que levou ao rosto para cheirar, sentir o gosto. Estava triste, porque o sangue não tinha som e, assim, não atingiria os sentidos todos... Amou com todos os sentidos e queria que eles participassem da destruição do mito, mulher animal, jeito de santa e de cadela em cio. Tantas vezes atingiram uma celestial pureza, tantas vezes mergulharam nos infernos. Agora, era um homem sozinho, meditando, ouvindo Mozart, frio e feliz. Ela era apenas um corpo sozinho e frio, estendido na cama, sem desejos, mais próximo da santidade que do cio. Era um homem realizado, sentira o gosto da vida e da morte nas mãos. Investiu contra o corpo amado com a mesma fúria das posses intensas. Era bom poder destruir a pessoa amada, um ato carregado de ternura e paixão. Poucos amantes chegaram àquela plenitude, por isso podia ouvir Mozart e beber sem pressa, viver aquele momento de glória, até que a destruição total recomeçasse. A primeira vontade foi de possuí-la daquele jeito, molhada de sangue, saltando os gemidos finais, meio viva, meio morta, no rosto uma mistura de alívio e espanto. Começou a fazer carinhos nos cabelos, mas o líquido grosso e vermelho destruía a maciez deles, mesclavam vermelho e amarelo. Sentiu um desejo louco, uma ternura quase paterna. Não era sua mulher que estava ali, inerte. Ela fora sempre uma dominadora; agora, um bichinho imóvel, uma criança ou uma boneca destruída. Cantou uma cantiga de ninar, muito velha e muito triste. Sentiu os últimos gemidos, algumas sílabas de compreensão, um aperto daquele corpo em seu corpo, diálogo mudo de amor. Aumentou a voz e a cantiga ficou alegre, o corpo apertou-se mais ao dele, quis ver o rosto da mulher amada e mito. Ela sorria um sorriso de espera, o sorriso que ele esperava ver. Estava leve, sem desejos ou pena. Ela compreendeu a necessidade do gesto, isso era tudo. Parou o canto, beijou o rosto, os lábios, de leve. Olhou, a menina dormia, finalmente dormia, de olhos abertos para não perder a conclusão... Apagou a luz, retomou a cantiga, colocou-a na cama e foi sentindo que o canto se fazia inútil. Tudo deveria ter um sentido, uma razão maior. Saiu do quarto, retomou a convivência com as coisas deles dois. Os copos, o uísque, os discos, agora tudo tinha um tom vermelho, intenso de vida.

Não era preciso achar nenhuma razão para o crime, era livre para cometê-lo, era dono do corpo destruído. Sentia-se preso a ela, também proprietária de seu corpo. Se ela o destruísse primeiro, acharia melhor. Só não via sentido continuarem se entregando parcialmente. O amor exige coragem para atingir a vida e a morte. Não queria pensar no passado, mas ele vinha em ondas fortes e insistentes, em instantes inevitáveis mas passageiros, vinha e sumia. O tempo podia ser o ontem, quando olhou para ela e descobriu que era necessário completar o encontro. O tempo era também o da caminhada para um conhecimento maior, quando sentia que a vida palpitava e era de febre aquele corpo frágil e forte de mulher. Tantas antes dela, falsos encontros, muitos enganos. Ela era tudo, o sentido de tudo, a respiração, a alegria, a dor. Com ela, fez todas as possíveis viagens para o outro lado das coisas, aprendera o segredo das vegetações, das flores e dos frutos. Até o mar gemia diferente com ela junto. A infância voltava em balões coloridos, de modo tão puro como não tinha sido vivida antes no real. Inventaram mil mundos, mil modos de um encontrar sentido no menor traço físico do outro. Inventavam jogos de adivinha e os pensamentos viravam um só pensamento. Ela era a faca que cortava fundo e não feria, a mão que acariciava sem outra intenção além do carinho, o animal que urrava de desejos sem outra preocupação além do gozo. Era tudo, o sentido de tudo. Era frágil, nada, a vida seria capaz de destruí-la com um sopro mais forte. Andava mesmo se destruindo ao sair de casa, em contato com a dor alheia. Era preciso destruí-la antes que os outros... Só ele tinha direito e dever de pôr um fim feliz na estória de amor dos dois. Ela era perfeita nos menores gestos, superior às coisas ínfimas, assim ele teria que ser. Pensou muito no que seria a vida deles, quantos sorrisos futuros, a ternura daquelas mãos alisando as cabeças dos filhos que viriam com o tempo. Pensou e a alegria prometida doía demais e agigantava-se a necessidade de matá-la antes que os filhos viessem e fosse tarde. Pensou na tristeza daquele rosto mudado pelo tempo, na dor de posses cotidianas, carregadas de obrigação e não de amor. Não, a rotina não destruiria o amor, antes ele o faria, de maneira perfeita. Não podia esperar muito, pois as promessas de risos eternos poderiam ser mais fortes que a consciência das inevitáveis mutações. Tentou sondar a capacidade dela para perceber a sua intenção. Ela continuava a mesma e a dor da descoberta feria. Nunca pôde perceber marcas de medos ou apego exagerado à vida, tudo nela permanecia intenso, igual. Não quis dizer nada, nem tentou saber o que ela pensava do plano. Melhor seria a surpresa, o atestado de amor maior. Nunca mais, mesmo se a vida o castigasse e tivesse que viver cem anos, esqueceria o espanto nos olhos dela no momento em que descobriu que a morte era a totalização do amor. Foi uma cena muito alegre e muito triste, cheia de intensidade para cair no esquecimento fácil. Tudo planejado e certo, como um rito religioso, com música de Bach vindo da sala e virando reza e coragem...

Ouvia Mozart e bebia com a mesma serenidade de antes, quando voltava para a sala satisfeito, depois de repetidas posses de amor. O corpo estava leve, a alma voava, uma alegria meio triste, uma vontade de segurar o tempo. Não poderia afirmar que estava indiferente, mas não saberia exteriorizar qualquer emoção maior. As coisas estavam como no plano: perfeitas. Não pretendia qualquer entendimento para o sangue ali, convivia com ele como se fosse parte do corpo, coisa normal e familiar. As portas estavam bem trancadas, ninguém apareceria na manhã de domingo, dia de folga da empregada. Da rua vinham sons distintos de passos e música distante; mais um sábado barulhento. Pela primeira vez, sentiu falta dela ali, ao lado dele, procurando juntos adivinhar o que estavam fazendo, o que procuravam os donos dos passos que vinham da rua nos sábados. Ele tinha muitas razões para escolher o sábado, a madrugada do domingo, dia maior para a intimidade deles, sem empregada, sem medo dos despertadores falharem. Ela, naturalmente, haveria de puxá-lo para a janela. Gostava de surpreender os casais de namorados que usavam o portão da casa para um carinho maior. Nem as crianças brincando eram mais puras que os casais amando, dizia sempre ela. Agora não sentia coragem nem vontade de abrir a janela. Procurava mesmo se desligar do barulho do sábado, das vozes, dos passos, da música.

O tempo estava fluindo rápido, a garrafa esvaziava-se, Mozart já não se ouvia, as pedras de gelos viravam água manchada de vermelho, da rua não vinha nenhum passo, uma claridade pouco intensa vinha da vidraça. Amanhecia. Sentiu-se muito só na sala, teve medo do sol do domingo que se anunciava tímido e, depois, tomaria conta da casa. Levantou-se, olhou o relógio, estava na hora, sua hora. Encaminhou-se para o quarto, abriu a porta, sentou-se na cama, deu-lhe um último beijo e apertou com força a faca no próprio peito.

O salvador

Quando o carro do hospital parou na praça da Matriz, a população todinha de Catitó saiu às ruas, excitada. Logo começaram as opiniões mais desencontradas. Os pobres e os simples choravam a perda de seu deus. Os mais evoluídos suspiravam aliviados, ganhavam novamente a liberdade de agir como quisessem. O dono da Rádio Progresso lamentava não poder transmitir a partida, com o adeus final do Cristo. O poeta da cidade, muito desligado, como convém aos poetas, anotava todos os dados da estória, futuro enredo para um poema narrativo, ou material de prosa. Os namorados beijavam na frente de todos, dando a impressão de uma comemoração importante. Dois soldados entraram na casa grande da esquina, moradia do Juiz de Direito. O pessoal aguardava com ansiedade, alegria ou dor.

— Como é que pode ficar beijando assim em pleno dia?

— É isto mesmo, compadre, que implicância, ocê tá parecendo o Cristo. Desde que o homem chegou em Catitó a alegria da moçada acabou. Horário pra tudo, desejos refreados.

— Mas não precisavam exagerar, afinal de contas...

— Afinal de contas é dia de festa pra eles. Não podiam beijar, nada de mãos nas costas ou cinturas, sentar nos bancos da praça só até nove horas, nada de menor de vinte um anos em bares e bailes. Ocê já foi jovem, compadre, sabe como é!...

A moçada aplaudia e assobiava de alegria. Voltaram os olhos, pensando que já era o Cristo. Não era, apenas um engraxate com um bambu bem alto, com um enorme cartaz anunciando que seria reaberto finalmente o *"Amore"*, entrada franca, sem consumação obrigatória na primeira noite e um conjunto de iê-iê-iê tocando quente, uma curtição.

No Bar e Café Avenida, os dois oficiais de justiça viraram vedetes. Todos queriam saber coisas e eles contavam, com detalhes, como o homem veio parar em Catitó, como chegou espiando tudo, gritando e gesticulando, dando ordens absurdas. Era preciso urgência no serviço, todo mundo precisava saber que ele tinha ordens superiores de mandar e desmandar na cidade. Pobre de quem duvidasse ou desobedecesse.

— Se a gente não cumprisse as ordens, não sei o que aconteceria. O homem vivia abrindo o paletó pra gente perceber o revólver na cinta.

— Eu banquei o besta de querer saber por que todo mundo tinha que comparecer na inauguração da Igreja Evangelho de Deus. O homem ficou uma fera, punha o dedo indicador no meu nariz e gritava: "É porque eu estou mandando, a igreja é minha, eu sou o pastor, não sou só Juiz, sou pastor de almas e vou salvar esta cidade perdida no pecado. E o senhor será o primeiro a entrar no templo e verá comigo se desobedecer!"

— Comigo aconteceu o mais chato, quando fui intimar o Prefeito a ir ao Fórum com urgência. O homem me apertava pra saber se era alguma denúncia pesada, eu não podia dizer, tinha medo do Juiz; eu não podia calar, tinha medo do Prefeito e ele era até meu padrinho político. Tudo porque a filha do Prefeito estava agarrada com o namorado no cinema, contrariando abertamente as ordens superiores.

— Outra vez, eu quase morri de vergonha...

Algum gaiato começou a bater o sino da matriz e ele repercutia um som alegre, diferente, parecia também suspirar aliviado, gritar livremente, sem o medo do sineiro.

A matriz andava vazia, por mais que o padre tentasse convencer que a religião era livre, que ninguém poderia forçar ou impedir alguém de estar nesta ou naquela. Era o único que protestava, mas sem o menor apoio. Nem o Bispo aceitava mais o convite de visitar Catitó, era melhor não envolver, esperar pelos resultados finais. Como o Padre insistia, o Bispo fez uma reclamação lá em cima para os Chefes da Justiça.

— Medo eu fiquei quando me obrigaram acompanhar os soldados que invadiram o terreiro de Sá Zefa. Imagine, logo dela, respeitada até fora do Estado, eu mesmo devia muitos favores. Sempre fui católico, mas uma vez ou outra, a gente precisa de um reforço dos pais de santo.

— Com os espíritas e maçons, ele não levou muita vantagem não. Continuaram as reuniões escondidas, de portas fechadas. Acho até que ele sabia, mas tinha medo deles terem as costas largas.

— É, louco pode ser, mas bobo ele não é. Sabia onde estava pisando. O povo de Catitó é meio carneiro.

— Quem cala consente, consentiram...

— Contra a força não há resistência. O homem, sim, devia ter muita força. O Bispo fez denúncia e adiantou muito?

— Tanto adiantou que ele vai embarcar logo, logo.

— Depois de tanto tempo, pudera.

— Eu entendo destes negócios de serviço público, sempre demoram um pouco. Eu não falei pra ninguém, mas está aí meu colega que não me deixa mentir, um dia veio um homem mal-encarado, ouviu uns e outros no Fórum, conversou duas horas com o Juiz, de portas fechadas, andou especulando até o Prefeito e o Delegado. Levou tudo o que soube, não sei se oralmente ou por escrito, mas levou.

— O resultado está aí, compadre.

O homem reinou quase um ano. De Juiz a Pastor, de Pastor a Jesus Cristo, promoções feitas por ele mesmo. Recolhia, semanalmente, donativos nas casas dos ricos. Os dois oficiais de justiça e os devotos faziam as coletas aos sábados e a distribuição nos domingos, após o culto, com pregação do Cristo e hinos dos crentes. Os moradores do Arranha-Gato já não se importavam com o pão de cada dia, no domingo recebiam o bastante pra semana toda. Em compensação, os doadores ficavam revoltados, com a mesa diminuída para não estourarem as economias. Logo criou-se um verdadeiro fanatismo e a procissão dos pobres aumentava com elementos dos lugarejos vizinhos. Era o milagreiro, o Cristo que voltava à terra. Com a força popular, o mando aumentou. Novas portarias moralistas proibiam tudo. A mulher, que a princípio olhava o marido com respeito e até com certa admiração, passou a desconfiar da saúde mental dele. Lavava o corpo muitas vezes por dia, não comia mais carne, só verduras, não mais tocava o corpo da mulher a não ser com um leve beijo no rosto. Pedia para que ela orasse sempre, para que ele tivesse forças para suportar toda a paixão até o sacrifício final, assim Deus exigia e ele haveria de cumprir. Era o novo Cristo, o enviado dos céus e não deixava por menos. O povo simples arrastava suas dores diante das mãos abençoadas dele. O poeta não perdia um detalhe, apanhava a devoção estampada nos rostos sofridos, apanhava a certeza de um poder divino no rosto do salvador. O pessoal mais evoluído falava em mudar de cidade, mandava notas para os jornais. Alguns jornais apresentavam a notícia em forma de denúncia, outros de zombaria, mais de uma dezena anunciaram para a nação inteira o Cristo renascido. Os mascates deliravam, vendiam lembranças, retratos, pedaços de tecidos de vestes antigas do salvador, que agora só se apresentava com um camisolão de algodão barato. O Padre reafirmava que o homem era louco e a declaração dele saiu também nos jornais sensacionalistas, porém repetidas como se estivesse com inveja ou raiva somente.

Os rapazes ficavam lembrando de quando Catitó tinha certa vida noturna. Bailes aos sábados no Clube, encontros diários no *"Amore"*, luz negra, iê-iê-iê, paqueras. As casas de prostituição estavam desabitadas, muitas regeneraram, outras partiram. O Cristo visitou todas as casas, fez pregação, falou em Madalena, prometeu ajuda às que o acompanhassem na fé, as outras que tomassem o primeiro trem noturno, não haveria mais prostíbulos na cidade, com pena dele mandar incendiá-los.

A movimentação aumentava, muitos riam, outros choravam e clamavam aos céus. Os dois oficiais de justiça fizeram um intervalo e todo mundo foi desocupando o Bar e Café Avenida. Nas ruas próximas, na praça e na avenida, uma procissão de curiosos.

— Eu não fiz nada de mal, só preguei o bem, mas Deus quis assim e devo aceitar. Está na hora da crucificação, tenho forças para suportar uma paixão maior, mas Deus quis assim. Quero levar minha palavra aos irmãos famintos, quero acabar com a podridão que as paixões humanas trazem, vocês vão me levar ao calvário. Onde está o Judas? Por que não deixam a multidão se aproximar? Quero beijar meus carrascos, podem torcer meu braço, me puxar, aceito a dor...

— Não maltratem meu marido, eu sei que é para o bem dele, mas ele não fez crime nenhum para ser levado assim brutalmente por policiais. Por Deus, não façam assim, eu ajudo, ele vai comigo, sei falar com ele.

Os que riam se comoveram, muitos continuaram orando, os policiais tiveram que entregá-lo à mulher, todos exigiam em vozes e ameaças. Catitó perdoava o louco e muitos choravam por ver a dor da mulher conduzindo o marido para o carro do hospital.

O carro partiu devagarinho, com policiais abrindo caminho no meio do povo. A mulher sentia-se consolada por antigas inimigas do casal. O pessoal simples olhava para ela como se fosse a substituta dele. O povo voltava para as casas. Os namorados perderam a graça e caminhavam pra lá e pra cá no jardim, sem beijos nem abraços, quase sem conversas também. Os dois oficiais queriam continuar suas estórias, mas já não havia tantos ouvintes interessados. Alguém desafiou os outros homens para uma sinuca, depois de tanto tempo, mas não encontrou um só parceiro. O poeta não sabia explicar se Catitó estava alegre ou triste, sabia que estava diferente.

O texto deste livro foi composto em Sabon, desenho tipográfico de Jan Tschichold de 1964 baseado nos estudos de Claude Garamond e Jacques Sabon no século XVI, em corpo 11,5/17. Para títulos e destaques, foi utilizada a tipografia Frutiger, desenhada por Adrian Frutiger em 1975.

A impressão se deu sobre papel off-white 80g/m² pelo Sistema Digital Instant Duplex da Divisão Gráfica da Distribuidora Record.